教育部人文社会科学研究一般项目

（项目批准号：15YJA740005）

浙江省省级社会科学学术著作出版资金部分资助项目

（项目批准号：2012CBB04）

《红楼梦》颜色词研究

曹莉亚　◇著

A Study on Color
Words in Dream of the
Red Chamber

ZHEJIANG UNIVERSITY PRESS
浙江大学出版社
·杭州·

图书在版编目（CIP）数据

　　《红楼梦》颜色词研究 / 曹莉亚著. —杭州：浙
江大学出版社，2024.6
　　ISBN 978-7-308-23981-3

　　Ⅰ.①红… Ⅱ.①曹… Ⅲ.①《红楼梦》—名词—研
究 Ⅳ.①I207.411

　　中国国家版本馆 CIP 数据核字（2023）第 120106 号

《红楼梦》颜色词研究

曹莉亚　著

策划编辑	葛　娟
责任编辑	葛　娟
责任校对	朱　辉
封面设计	春天书装
出版发行	浙江大学出版社
	（杭州市天目山路 148 号　邮政编码 310007）
	（网址：http://www.zjupress.com）
排　　版	杭州青翊图文设计有限公司
印　　刷	杭州高腾印务有限公司
开　　本	710mm×1000mm　1/16
印　　张	10.5
字　　数	189 千
版 印 次	2024 年 6 月第 1 版　2024 年 6 月第 1 次印刷
书　　号	ISBN 978-7-308-23981-3
定　　价	38.00 元

浙江大学出版社市场运营中心联系方式：0571 - 88925591；http://zjdxcbs.tmall.com

目　录

上编　《红楼梦》颜色词研究

下编　《红楼梦》颜色词词典

上编

《红楼梦》颜色词研究

第一章 《红楼梦》及其颜色词

第一节 《红楼梦》的作者、时代和版本①

本书主要研究《红楼梦》中的颜色词,这些颜色词不可避免地带有作者个人的某些印记、所处时代的某些特色、版本流变而致的一些异文。因之,在展开《红楼梦》颜色词研究之前,得先简述一下《红楼梦》的作者是谁,他的家世生平大致怎样,成书的时代,版本的流变,等等。

《红楼梦》的作者,目前公认前八十回是曹雪芹。他名霑,字梦阮,号雪芹,又号芹溪、芹圃;大约生活在清代的康、雍、乾年代,其生卒年问题,在几十年的论争中逐步倾向于:生于公元 1715 年,即康熙五十四年乙未,卒于 1763 年,即乾隆二十七年壬午除夕。

曹雪芹出身于清代内务府正白旗包衣世家,是江宁织造曹寅之孙,曹颙之子(一说曹頫之子)。年少时身经物质极奢华、精神极丰盈之生活,因为自曹玺、曹寅至曹颙、曹頫,曹家祖孙三代四人共做了长达 58 年的江宁织造,曹寅还曾任苏州织造、两淮巡盐御史等职;康熙帝南巡六次,曹寅当了四次以上的接驾的阔差,皇帝就住在他的衙门里。更难得的是,既富且贵的曹家,还颇具文学艺术气质,曹寅会诗词、书法,家中藏书极多,精本就多达 3287 种(见其

---

① 本节内容参考了胡适先生的《红楼梦考证》,人民文学出版社 1982 年版《红楼梦·前言》;冯其庸先生的《脂砚斋重评石头记汇校汇评·原序》;刘世德先生的《戚本:〈红楼梦〉脂本中的一种重要版本》。

3

《楝亭书目》）。虽然，曹家最终因亏空得罪被抄没，以致曹雪芹年少后富贵不再，家渐衰败，但他所亲历的家族兴衰为其提供了丰厚的一手创作素材，而曹家自曹玺、曹寅以来所积成的极富丽的文学艺术环境，也感染和熏陶着曹雪芹，使其能在破产倾家之后、穷愁困顿之中，书写出他不朽的巨著《红楼梦》。

《红楼梦》，又称《石头记》《情僧录》《风月宝鉴》《金陵十二钗》。据胡适先生考证，曹雪芹作此书在乾隆十八九年之前，因在乾隆甲戌（1754），前八十回就已有人"抄阅再评"①。《红楼梦》的后半部分据研究也已基本完成，只是因故未能传抄行世，终致迷失。乾隆中叶以后，带有以脂砚斋为代表的评语的八十回抄本（简称"脂本"）日渐增多，目前已得"脂本"十一种。

1. 甲戌本："甲戌（乾隆十九年，1754）脂砚斋抄阅再评本"。卷首题"脂砚斋重评石头记"。残存十六回（1—8回、13—16回、25—28回）。初由咸同年间刘铨福收藏，1927年胡适得之于上海，后存放美国康奈尔大学图书馆，2005年初归藏上海博物馆。

2. 己卯本："己卯（乾隆二十四年，1759）冬月脂砚斋四阅评本"。卷首题"脂砚斋重评石头记"。原本八十回，现残存四十一回又两个半回：1—20回（其中17、18两回未分开）、31—40回、61—70回（原缺64、67两回）共三十八回藏国家图书馆；55回后半回、56—58回、59回前半回共三回又两个半回藏国家博物馆。己卯本"在近二百多年的流传中曾经过三个人的收藏，即武裕庵、董康和陶洙"②。

3. 庚辰本："庚辰（乾隆二十五年，1760）秋月定本"。卷首题"脂砚斋重评石头记"。只有七十八回，内缺64、67两回。1932年由徐星署购得，现藏北京大学图书馆。

4. 戚本：卷首有戚蓼生序的八十回本。因戚蓼生是乾隆三十四年己丑（1769）的进士，胡适先生曾将其暂定为"己丑本"。此本也是一部脂砚斋评本。下分三种版本：张开模旧藏戚序本（戚张本）、泽存书库旧藏戚序本（戚宁本）、

---

① 《红楼梦》早期抄本《乾隆甲戌脂砚斋重评石头记》第一回第八页后半页有"至脂砚斋甲戌抄阅再评，仍用《石头记》"云云。参见石昌渝：《乾隆甲戌脂砚斋重评石头记影印·前言》，人民文学出版社2010年版，第1页。

② 张庆善：《影印〈脂砚斋重评石头记〉己卯本·前言》，人民文学出版社2010年版，第2页。

有正书局石印戚序本(有正本或戚序本)。戚序本底本的前四十回已发现,现藏上海图书馆;戚宁本现藏南京图书馆。

5. 甲辰本:乾隆四十九年甲辰(1784)梦觉主人序的八十回本。此本虽然有意删削评注,但从保留的评注也能探知此本的底本也是一部脂砚斋重评本。1953 年发现于陕西,现藏国家图书馆。

6. 舒序本:"舒元炜己酉序(乾隆五十四年,1789)本",亦称"己酉本"。卷首题《红楼梦》,残存四十回(1—40)。吴晓铃旧藏,现藏首都图书馆。

7. 列藏本:苏联科学院东方学研究所藏抄本《石头记》。亦称"俄藏本"。存七十八回(1—80 回,即内缺 5、6 两回)。据称清道光十二年(1832)传入俄国。

8. 梦稿本:咸丰年间题曰"红楼梦稿"本,一百二十回,其前八十回也是"脂本"。晚清杨继振旧藏,亦称"杨藏本"。1959 年春发现于北京,现藏中国科学院文学研究所图书馆。

9. 蒙府本:清蒙古王府旧藏本。版心题"石头记",一百二十回,其前八十回也是"脂本"。1960 年发现于北京,现藏国家图书馆。

10. 郑藏本:郑振铎旧藏抄本。回首题"石头记",版心题"红楼梦",仅存两回(23、24 回)。现藏国家图书馆。

11. 卞藏本:卞亦文藏残抄本《红楼梦》。存前十回正文及 33—80 回回目,卞亦文于 2006 年在上海以 19.8 万人民币拍得。

值得注意的是,上面所说甲戌本、己卯本、庚辰本等名称,其干支年代,红学家们认为都不能代表现有这些本子的抄定年代,都只能表明它们的底本的年代。

现存《红楼梦》的后四十回,是乾隆五十六年辛亥(1791)和乾隆五十七年壬子(1792)先后以木活字排印行世的。其所据底本原以为是高鹗的续作,近年来此说存疑。人民文学出版社出版的《红楼梦》自 2008 年版已改"高鹗续"为"无名氏续"。

一百二十回全本《红楼梦》,是自乾隆末年由程伟元搜集,并由程伟元、高鹗二人整理后出版的,这个版本系统的《红楼梦》简称"程本"。前文所说"脂本"中的"梦稿本""蒙府本",严格说是一种"混合本",因为其前八十回是"脂本",后四十回是"程本",是"脂本"和"程本"拼凑而成的一种版本。

本书主用《红楼梦》的版本:曹雪芹著,无名氏续,程伟元、高鹗续,中国艺术研究院红楼梦研究所校注,人民文学出版社出版,1982 年 3 月北京第 1 版,2008 年 7 月北京第 3 版,2015 年 8 月第 51 次印刷。校勘过程中,该版本《红楼梦》选定"庚辰本"为底本,认为它是抄得较早而又比较完整的唯一的一种;以其他各种"脂本"为主要参校本,以"程本"及其他早期刻本为参考本。为行文方便,此版本《红楼梦》后文简称"红校本"。在撰写第三章"《红楼梦》疑难颜色词考辨"、第四章"《红楼梦》早期抄本颜色词异文研究"等章节时,也会参考上文所列十一种"脂本"。

第二节　　《红楼梦》颜色词的特点及研究价值

中国古典长篇小说发展到《红楼梦》,开始进入语体文高度纯化的阶段,其语言丰富、生动、成熟;它精准且创造性地运用了大量颜色词,其种类之多、频率之高、范围之广,在整个中外文学中难出其右。聚焦《红楼梦》这部由近代汉语向现代汉语过渡的重要标志性与代表性专著,以其所用颜色词作为研究对象,通过穷尽性地收集与整理,全面细致地描写分析每一个颜色词的形、音、义、词性、用例等状貌,由此能发现《红楼梦》颜色词的一些特点,以及在构建汉语颜色词史、编撰修订辞书中有关颜色的词条、考论《红楼梦》作者等方面的研究价值。

一、《红楼梦》颜色词的特点

《红楼梦》所用颜色词,总体而言具有承古性、创新性、不均衡性三个方面的特点。

(一)承古性

《红楼梦》颜色词的承古性突出。所谓承古性,是指《红楼梦》中有些颜色词源自上古、中古、唐宋元明的近代,使用过程中基本承用其原有的语音、词形与词义。根据较为严格的标准和相关的具体原则(详见第二章),共界定出《红楼梦》颜色词 132 个;根据这些颜色词是否为《汉语大字典》《汉语大词典》①所收录、收录后颜色义项的书证时代,甄别出其中有 87 个颜色词承古而来,约占其总数的 65.9%。细分如下。

承接上古汉语(先秦至西汉)的颜色词共 26 个:红、赤、朱、丹、绛;白、素、缟、皤、玉、皎皎、皑皑;绿、翠、青、苍;黑、墨、乌、元(玄)、缁、黸、皂、黑色;黄、金。以单音节颜色词为主,共 23 个,双音节颜色词仅 3 个。

承接中古汉语(东汉魏晋南北朝隋)的颜色词共 18 个:茜、大红、鲜红、桃红;银、霜、雪、白净、洁白、雪白、苍白;苍、苍翠;金黄;蓝;灰、灰色;紫。其中单音节颜色词 8 个,双音节颜色词 10 个。

承接近代汉语(唐宋元明)的颜色词共 43 个:檀、火、猩、通红、粉红、水红、银红、猩红、梅红、飞红、朱红、绛红、微红、红紫、红潮、红赤、春色;粉、白腻、白漫漫、白茫茫;葱绿、浅碧、碧绿、油绿、柳绿、豆绿、藕合、菁葱、碧荧荧;漆黑、乌油、铁青、黑鬒鬒、黑油油;杏、鹅黄、松花、娇黄、蜜合色、松花色;玉色、月白。以双音节颜色词为主,共 31 个,还有三音节颜色词 7 个,单音节颜色词 5 个。

(二)创新性

《红楼梦》颜色词的创新性,首先体现在它使用了一批源自清代甚至是首见于《红楼梦》的颜色词:红晕、紫绛、荔色、血色、杨妃色、海棠红、石榴红、杏子红、红扑扑;净白、素白、白花花、白汪汪;水绿、松绿、莲青、翡翠、青绿、松花绿、藕合色;黑亮、烟青、紫墨色;青黄、葱黄、柳黄、秋香色、黄澄澄;石青、碧青、佛青、趣青、红青、宝蓝、鬼脸青;茄色、玫瑰紫;酱色。

《红楼梦》颜色词的创新性,还体现在某些颜色词从词形到词义随着时代的变迁而有所变化。例如"秋香色",最具代表性和典型性的文学用例集中在《红楼梦》,共 5 例。溯其源,应是从秦汉时期的"缃"演变而来。《说文解字》:"缃,帛浅黄色也。""缃",本义为"浅黄色的帛",引申泛指"浅黄色"。唐宋以后,由于传统印染工艺的进一步发展,染色更加丰富多样,颜色名称的表达方

①　无特别说明,本书所引《汉语大字典》为 9 卷本,《汉语大词典》为 12 卷本;须注明卷次和页码时,均在其后加括号标注,并用"·"隔开。后文分别简称《大字典》《大词典》,有时也合称"二典"。

式由单音词向双音词发展,"缃"演变为"缃黄"。宋杨妹子的《题马远画梅四幅》:"重重叠叠染缃黄,此际春光已半芳。"发展至清代,"缃黄"中的一小类被称为"秋缃"[①]。作为通俗文学作品的《红楼梦》,将"缃"俗写为"香",随之"秋缃"也作"秋香",加"色"而为"秋香色"。《大词典》(8·39)释义"秋香色"为"暗黄色",唯一例证源自《红楼梦》第四十回。

《红楼梦》颜色词的创新性,也表现为旧词添新义,即在《红楼梦》这一具体言语环境中,将"翡翠""胭脂""酡绒('驼绒'之讹变)""墨烟""靛青""黄金"这类名物词用作颜色词,在原有的名物义基础上增添颜色新义。例如"翡翠",源自上古的名物词,《大词典》(9·657)收录其三个义项都是名物义,分别是"鸟名""指翠羽""即硬玉"。《现代汉语词典》[②](378)收录其两个义项都是名物义,即"鸟""玉石"。但《红楼梦》创造性地将"翡翠"用作颜色词,用以形容王熙凤"撒花洋绉裙"之色。

(三)不均衡性[③]

《红楼梦》颜色词的不均衡性,首先体现在其所用 132 个颜色词,分布在 9 个颜色词范畴中的数量差异很大:所属红色范畴颜色词最多,共 38 个;其次是白色和绿色范畴颜色词,分别是 23 个和 22 个;再次是黑色、黄色、蓝色范畴颜色词,分别是 17 个、15 个、11 个;接着是紫色和灰色范畴颜色词,分别是 3 个和 2 个;最少的棕色范畴颜色词,只有 1 个。

《红楼梦》颜色词的不均衡性,还表现在前 80 回和后 40 回颜色词出现数量、词频的差异性上。将一百二十回"红校本"均分为前、中、后各 40 回,统计分析 132 个颜色词出现在每 40 回中的数量,发现后 40 回的 59 个,与前 40 回的 81 个、中 40 回的 78 个数量上不均衡。具体详见表 1-1:

---

① 清《雪宦绣谱》记载线色黄之类别中有"老缃(缃,俗书作'湘',亦作'香')、秋缃、墨缃、银缃"。参见沈寿口述;张謇整理;王逸君译注:《雪宦绣谱图说》,山东画报出版社 2004 年版,第 113 页。

② 无特别说明,本书所引《现代汉语词典》为第 7 版,需注明页码时在其后加括号标注。后文简称《现汉典》。

③ 该部分内容曾以论文形式发表,详见曹莉亚(2014)。收入时作了较大幅度的修改,尤其是相关数据。

表 1-1 颜色词总词条数对照表

颜色范畴	前 40 回颜色词数量（个）	中 40 回颜色词数量（个）	后 40 回颜色词数量（个）
红	22	25（含"粉""杏"）	23
黄	14（含"杏"）	7	5
绿	13（含"青""翠"）	15（含"青""翠"）	6（含"青""翠"）
蓝	3（含"青"）	7（含"青"）	6（含"青"）
紫	2	2	1
棕	0	0	1
黑	11（含"青""翠"）	10（含"青""翠"）	10（含"青"）
白	18（含"粉"）	14（含"粉"）	7
灰	1	2	2
总计（个）①	81	78	59

　　《红楼梦》所用 132 个颜色词，前、中、后 40 回共有的颜色词 28 个；前、中 40 回共有 21 个，相比于前、后 40 回共有仅 4 个，中、后 40 回共有仅 5 个，数量上也不均衡。具体详见表 1-2：

表 1-2 共有颜色词对照表

颜色范畴	前/中/后 40 回共有颜色词	前/中 40 回共有颜色词	前/后 40 回共有颜色词	中/后 40 回共有颜色词
红	红、桃红、猩红、大红、通红、朱红、飞红、赤、绛、朱、火	水红、红晕、丹、茜、胭脂	微红	红色、石榴红
黄	黄、金、松花色、秋香色	鹅黄、黄澄澄、松花	—	—
绿	绿、翠、青、苍	葱绿、青绿、碧、藕合色	—	—

① 计算前、中、后 40 回颜色词总词条数时，多义颜色词"粉""杏""青""翠"均只计算为 1 个。相似情况无特殊说明均同此。

续表

颜色范畴	前/中/后40回共有颜色词	前/中40回共有颜色词	前/后40回共有颜色词	中/后40回共有颜色词
蓝	青	石青、玉色	—	月白
紫	紫	—	—	—
棕	—	—	—	—
黑	黑、乌、青、皂	翠	缁	黸
白	白、雪白、素、银	洁白、苍白、缟、玉、粉、雪	白茫茫、白花花	
灰	灰	—	—	灰色
总计(个)	28	21	4	5

再从词频统计数据看，132个颜色词，在《红楼梦》中共运用1171次，其中后40回的234次，与前40回的477次、中40回的460次数量上不均衡。具体详见下表：

颜色词词频对照表

颜色范畴	1—40回		41—80回		81—120回		总计	
	用例数/次	百分比/%	用例数/次	百分比/%	用例数/次	百分比/%	用例数/次	百分比/%
红	161	36.1	176	39.46	109	24.44	446	100
黄	71	47.65	57	38.26	21	14.09	149	100
绿	67	47.86	55	39.28	18	12.86	140	100
蓝	22	37.93	21	36.21	15	25.86	58	100
紫	17	44.74	15	39.47	6	15.79	38	100
棕	0	0	0	0	1	100	1	100
黑	49	39.84	47	38.21	27	21.95	123	100
白	89	44.06	80	39.6	33	16.34	202	100
灰	1	7.14	9	64.29	4	28.57	14	100
总计	477	40.78	460	39.25	234	19.97	1171	100

前、中、后三部分共有的28个颜色词，在《红楼梦》中共运用932次，其中

后 40 回的 193 次,与前 40 回的 369 次、中 40 回的 370 次数量上也不均衡。具体详见表 1-4:

表 1-4　共有颜色词词频对照表

范畴及前/中/后 40 共有颜色词数量(个)	1—40 回		41—80 回		81—120 回		总计	
	用例数(次)	百分比(%)	用例数(次)	百分比(%)	用例数(次)	百分比(%)	用例数(次)	百分比(%)
红(11)	137	36.34	149	39.52	91	24.14	377	100
黄(4)	50	40.32	54	43.55	20	16.13	124	100
绿(3/1)	46	48.42	34	35.79	15	15.79	95	100
蓝(1)	15	48.38	8	25.81	8	25.81	31	100
紫(1)	16	44.44	14	38.89	6	16.67	36	100
棕(0)	—	—	—	—	—	—	—	—
黑(3/1)	40	39.6	41	40.6	20	19.8	101	100
白(4)	64	41.03	62	39.74	30	19.23	156	100
灰(1)	1	8.33	8	66.67	3	25	12	100
总计(28)	369	39.59	370	39.7	193	20.71	932	100

二、《红楼梦》颜色词的研究价值

研究《红楼梦》颜色词,对于构建近代乃至整个汉语颜色词史、编撰修订辞书中的颜色词条、从语言角度进一步判定《红楼梦》的作者等诸多方面,都很有价值。

(一)为汉语颜色词史的构建奠定基础

汉语史的构建有两项基础性的工作必须做,其中之一就是"有计划、有选择地开展各代的专书研究,全面考察、描写其中的语言现象",因为"专书研究是断代研究的基础,而断代研究又是整个汉语史研究的基础"[①]。汉语颜色词史的构建亦如是。

[①]　汪维辉:《东汉—隋常用词演变研究》(修订本),商务印书馆 2017 年版,序.第 1 页。

　　《红楼梦》成书于清代乾隆年间,其语言"是近代汉语的典范,是汉语文学语言已经达到成熟地步的标志"①。对这样一部近代汉语标志性专书进行颜色词研究,能为近代乃至整个汉语颜色词史的构建,奠定极为重要的"桥墩"似的基础。具体说来,主要有以下几点:

　　1.根据所确定的原则和方法,穷尽式地搜集、整理《红楼梦》所用颜色词,考辨其疑难者,考察其在各早期抄本中的异文,能弄清每一个颜色词的形、音、义、词性、用例等,最终获得《红楼梦》这一专书所用颜色词的数量与基本概貌。

　　2.通过"解剖"《红楼梦》这个代表性"麻雀",可以细致观察明清乃至近代汉语颜色词的面貌。仅以《红楼梦》所用9个基本颜色词,即"黑""白""红""黄""青""绿""蓝""紫""灰"为例来看,它们符合甚至代表了在汉语基本颜色词演变史中所处时代的状况。一般而言,"一种语言的颜色词系统都是在最早产生并逐渐稳定下来的'基本颜色词'的基础上发展而来的"②。基本颜色词演变到近代有 10 个:黑〔黑〕、白〔白〕、红〔红〕、黄〔黄〕、青〔绿/蓝〕、绿〔绿〕、蓝〔蓝〕、紫〔紫〕、灰〔灰〕、褐〔棕〕③。除"褐"④外,《红楼梦》均能典型表现之。又譬如"蓝",自唐以来,"蓝"就已成为专指"蓝色"的基本颜色词,但在书面语言中,蓝色仍不称"蓝"而称"青"。《红楼梦》正是如此:在 120 回中广泛而经常地用"青"表示"蓝色",如"石青""靛青""佛青""鬼脸青"之"青"均表"蓝色";仅在后 40 回运用过 2 次"蓝"表"蓝色",即"蓝纱"和"宝蓝"之"蓝"。因之,《红楼梦》所用基本颜色词"青",不出意外地也至少兼属"蓝"和"绿"两种颜色范畴。

　　3.以《红楼梦》颜色词为"抓手",还可以上探源、下溯流,作纵向的历史比较和动态分析,把握汉语颜色词的发展进程。

　　就上探源而言,《红楼梦》单音节颜色词共 36 个,无一例外都承古而来。但是,除 9 个单音节基本颜色词依然保有词的语法功能,在《红楼梦》中绝对自由,既能独立成词,又能作为构词语素与别的语素组合成词,能产性较强外,其

①　潘允中:《汉语语法史概要》,中州书画社 1982 年版,第 6 页。

②　李红印:《现代汉语颜色词语义分析》,商务印书馆 2007 年版,第 48 页。

③　姚小平:《基本颜色词理论述评——兼论汉语基本颜色词的演变史》,《外语教学与研究》,1988 年第 1 期,第 25 页。另:括号内为颜色范畴,括号外为相应的基本颜色词。

④　《红楼梦》中仅"酱色"属于"棕"色颜色范畴。唐代语言中就可泛指棕色的"褐",《红楼梦》中没有用例。

他 27 个单音节颜色词都已降格为"嵌偶单音颜色词"①。其中"素""赤""碧"
"翠""绛""朱""苍""皤""缁""驙""元(玄)"11 个单音节颜色词,在《红楼梦》中
相对自由,一般都要"嵌入双音节模型"中才能独立出现,是"句法自由"但"韵
律黏着"的一类单音节文言颜色词。具体来说,"素"作为颜色词,能自由运用
的仅"素衣裳"1 例;"赤"仅在四音结构"香腮带赤"中独立运用;"碧""翠"仅各
有 1 例,独立运用于诗句"花绽新红叶凝碧""绕堤柳借三篙翠"中。绝大多数
情况下,它们都必须"嵌入双音节模型"中才能独立使用,如"素服""素绸""赤
日""赤脸""翠竹""翠柏""碧纱""碧糯"。至于"绛""朱""苍""缁""驙""元
(玄)""皤",这些在古代汉语中能独立使用的单音节颜色词,在《红楼梦》中只
有进入"绛绒""朱橘""苍松""缁衣""驙鸡""元狐""皤然"这种"嵌入双音节模
型"中才能独立使用。"猩""丹""茜""檀""火""杏""金""墨""乌""皂""粉"
"雪""缟""银""玉"这 15 个单音节颜色词,是一种特别的以物喻色的嵌偶单音
颜色词。在《红楼梦》中相对自由,只有进入"猩袍""丹唇""茜裙""檀口""火
腿""杏帘""金鱼""墨漆""乌木""皂旗""粉面""雪脯""缟带""银鼠""玉竹"这
种"嵌入双音节模型"中才能独立运用;且一旦进入这种模型,就显现出它们已
由名物义引申为颜色义,以物喻色而为颜色词。另外,颜色词"霜",仅独立运
用于诗句"如何两鬓又成霜"中,同样是以物喻色的嵌偶单音颜色词。

就下溯流而言,有一些颜色词尤其是非单音节颜色词,其源头就在《红楼
梦》,有的还顺流而下至现当代。"松花绿""松绿""青绿""青黄""秋香色""玫
瑰紫"等颜色词就是如此,其中最有代表性的是"松花绿"。"松花绿",一个极
有可能是在《红楼梦》传抄过程中,受"松绿"影响讹变而来的颜色词,目前未见
之用于比《红楼梦》更早的文献中。说它是因讹误变异所得颜色词,是因为自
然界的松花,是嫩黄色的,说"松花黄"可以,李白《酬殷明佐见赠五云裘歌》中
就有"轻如松花落金粉"的诗句;说"松花绿",有违客观事实。但是,由于《红楼
梦》广为流传所形成的巨大影响力,其后文康的《儿女英雄传》、白先勇的《玉卿
嫂》等文学作品中都有"松花绿"的用例。自此,难见于清代以前文献、在《红楼

---

① "嵌偶单音颜色词"概念源自冯胜利在《汉语书面用语初编》中所提出的"嵌偶单音词";
在其所提供的 250 例汉语书面语嵌偶单音词中,发现 1 例嵌偶单音颜色词,即"翠"。详
见冯胜利:《汉语书面用语初编》,北京语言大学出版社 2006 年版,第 28—29 页。

梦》中讹变而来的"松花绿",尽管自然界的"松花"一直是"黄"而不是"绿",但作为颜色词,它已约定俗成,时至今日仍在使用。

(二)为辞书中有关颜色词的编撰修订提供依据

《大词典》是我国辞书的典范之作,古今兼收,源流并重,集古今汉语语词之大成。《红楼梦》所用132个颜色词,有105个在《大词典》中能查检到,约占《红楼梦》颜色词总数的79.55%。故以《大词典》为代表,探究《红楼梦》为辞书中有关颜色词的编撰修订所能提供的依据。为简约起见,下文论说中略去有关颜色词、颜色义项的具体例证,相关内容详见第五章《〈红楼梦〉所见的近代汉语颜色新词和新义》、下编《〈红楼梦〉颜色词词典》等。

1. 为《大词典》颜色词编撰所能提供的依据

(1)提供了5个颜色词条或颜色义项。《大词典》所收"鬼脸青"(一种陶瓷的颜色,暗青色)、"秋香色"(暗黄色)、"石榴红"(像石榴花一般的朱红色),唯一例证均源自《红楼梦》;《大词典》所收"石青"之义项②"如同石青的一种蓝色"、"松花"之义项③"指松花般的黄色",唯一例证均源自《红楼梦》。

(2)为13个颜色词条或颜色义项提供始见书证。"白花花"(形容很白;雪白)、"葱绿"(义项①:浅绿而微黄的颜色。也叫葱心儿绿)、"大红"(义项②:很红的颜色)、"黑亮"(黑得发亮)、"红扑扑"(形容脸色很红)、"黄澄澄"(形容金黄色或橙黄色)、"玫瑰紫"(像紫玫瑰那样的颜色)、"青绿"(义项③:深绿色)、"松花绿"(嫩绿色)、"松花色"(如松花般的嫩黄色)、"松绿"(松花绿)、"乌油"(谓黑而光润)、"血色"(义项①:亦指皮肤健康红润的颜色)。

(3)为19个颜色词条或颜色义项提供书证。"白"(义项③:汉民族传统丧服的颜色)、"白漫漫"(形容一大片白色)、"白茫茫"(形容一望无边的白)、"青碧"即"碧青"(青绿色。常用以形容山色、烟色、天色等)、"春色"(义项④:指脸上的红晕)、"苍翠"(青绿)、"飞红"(义项③:犹绯红)、"粉"(义项⑥:白色的;带白色的;粉红色的)、"粉红"(浅红,为红与白混合而成的颜色)、"黑油油"(黑得发亮)、"红"(义项②:呈现红色;变红)、"洁白"(义项②:纯净的白色)、"娇黄"(嫩黄色)、"菁葱"(青葱,葱绿色)、"柳黄"(义项②:颜色名)、"蜜合色"(微黄带红的颜色)、"藕合"(亦作"藕荷",浅紫而微红的颜色)、"水红"(义项①:比粉红略深而较鲜艳的颜色)、"银红"(在粉红色颜料里加银朱调和而成的颜色)。

14

2.为《大词典》颜色词修订所能提供的参考依据

(1)词条商补。《红楼梦》所用132个颜色词中有27个未见于《大词典》，其中白汪汪、葱黄、海棠红、黑色、红赤、红青、红色、红晕、绛红、净白、藕合色、茄色、微红、杨妃色、紫绛等15个可为其商补。

(2)书证修订。可为碧绿、灰、青黄、水绿、铁青等5个颜色词（或颜色义项）提前书证；可为白、靛青、豆绿、猩、胭脂、银、皂等7个颜色词（或颜色义项）增补或替换书证。

(3)义项修订。可为翠、红、黄、紫、佛青、红紫、柳绿、柳黄、素白等9个颜色词增补颜色义项；可为白、碧青、碧荧荧、松绿等4个颜色词完善其颜色义项。

(三)为《红楼梦》前80回与后40回非出一人之手提供有力佐证①

《红楼梦》前80回与后40回是否出自一人之手是红学界论争的焦点问题之一。学者们在"出自一人"与"非出一人"的观点间，以多样的论证方法，各抒己见、各执一词。汪维辉先生曾经在《说"困（睏）"》一文中，通过一个"困（睏）"字，见出《红楼梦》前80回的作者兼用南方话的"困（睏）"和北方话的"睡"表示sleep义，而后40回根本不见作者用南方话的"困（睏）"表示sleep义，仅用北方话的"睡"，"为《红楼梦》前80回与后40回非出一人之手再添一佳证"②。从颜色词入手，将《红楼梦》前80回和后40回进行计量统计、分析比较，也能为全书"非出一人之手"提供有力佐证。

《红楼梦》颜色词的宏观统计数据（具体见上文中的4个表格）显示：前、中40回具有内在的一致性；后40回与前、中40回差别颇大。首先，《红楼梦》132个颜色词，出现在前、中、后40回的总数分别是81个、79个、59个，前、中40回仅相差3个，后40回与前、中40回分别相差高达22个和19个。其次，前、中、后40回共有的28个颜色词，在《红楼梦》中运用932次，前、中、后40回的运用数分别是369次、370次、193次，前、中40回仅相差1次，后40回与前、中40回分别相差高达176次和177次。

---

① 此部分内容曾以论文形式发表，详见曹莉亚（2014），收入时作了较大幅度的修改，尤其是相关数据。

② 汪维辉：《说"困（睏）"》，《古汉语研究》，2017年第2期，第9页。

《红楼梦》服饰颜色词的微观考察比较也表明：前、中 40 回具有内在的一致性；后 40 回与前、中 40 回是相矛盾的。黛玉和宝钗作为《红楼梦》中的主要人物，其服饰描写贯穿前、中、后 40 回，选取其服饰颜色词为微观考察对象以证之。先看表 1-5：

表 1-5　黛玉、宝钗服饰颜色词对照表

人物	前 40 回服饰颜色词		中 40 回服饰颜色词		后 40 回服饰颜色词	
	服	饰	服	饰	服	饰
黛玉	大红	—	红、大红、青、绿、白	—	月白、银、杨妃色	赤
宝钗	大红、葱黄、蜜合色、玫瑰紫、银	红、黄澄澄	莲青	—	洁白	—

黛玉的服饰描写集中在第 8、49、89 回。其中第 8、49 回黛玉服色以红、白二色为主，尤其是所穿"褂子"（八/122①）、"鹤氅"（四十九/660），以及"红香羊皮②小靴"（四十九/660），均为"大红"，乃红色系中纯度最高的一种红色，是正色。第 89 回黛玉服色之"红"不再是纯正的"大红"，而是"杨妃色"，由红、白调合而成的"粉红色"，是间色。更一反前态的是，那个前 80 回从不穿金戴银的黛玉，后 40 回头上居然"簪上一枝赤金匾簪"（八十九/1246）。

宝钗的服饰描写集中在第 8、28、35、49、110 回。前、中 40 回宝钗服色均为间色：棉袄为"蜜合色"（八/119），一种"浅黄白色"；褂为"玫瑰紫"（八/119），一种像紫玫瑰那样红中带紫的颜色；裙为"葱黄"（八/119），一种"浅黄而微绿的颜色"；氅为"莲青"，一种"像荷叶那样的青绿色"。宝钗也穿"大红"袄（八/121），但她穿在衣服里面；完全不同于黛玉穿鹤氅时"大红"在外的风格。宝钗饰品之色：璎珞是"黄澄澄"（三十五/463）的，"麝串子"（二十八/389）是红的。后 40 回宝钗饰品之色仅突出其"洁白"，一种最为纯净的色彩。

人物服饰所用色彩之正色和间色的不同，隐含着人物身份的尊卑之分、作

---

① 本章所有《红楼梦》用例，非特别说明均来自"红校本"。"/"前数字为回目数，后数字为页码。下同。

② "红校本"第 660 页脚注②："即染成大红色的羊皮。"

者对其评判的褒贬之别。黛玉服饰之色由前80回的正色一变而为后40回的间色,蕴含了作者对其由褒到贬的隐性评价;宝钗服饰之色则由前80回的间色变为后40回的正色,蕴含了作者对其由贬到褒的隐性评价。《红楼梦》前80回与后40回若是"出自一人之手",怎会出现同一人物服饰用色前后自相矛盾、隐含着的作者褒贬评价前后截然相反的情况?

综上,从颜色词用例数、频次,到主要人物服饰色彩描摹,前、中40回表现出惊人的内在一致性,但却与后40回存在巨大反差,甚至是相互矛盾,足以证明《红楼梦》前80回与后40回"非出一人之手"。

第二章 《红楼梦》颜色词的界定[①]

　　"汉语的颜色词和语到底有多少,我想似乎应该清算一下,做到心中有数。有这样一笔细账,然后谈语言,谈文化,谈民族心理……才踏实可信。"[②]《红楼梦》颜色词的研究亦如是。

　　当前,《红楼梦》颜色词族群尚没有一个成熟可信的研究成果,较为系统地进行过梳理的论著,只有范干良的《曹雪芹笔下的颜色词》[③]和沈小云的《从古

---

① 该章部分内容曾以论文形式发表,详见曹莉亚(2012),收入时作了较大幅度的修改。修改稿曾于 2016 年 1 月 4 日在汪门学术沙龙上讨论,汪维辉先生,吴玉芝、王文香、李雪敏、陈怡君、杨望龙等学友提出很好的修改意见,在此一并致以诚挚的谢意。

② 张清常:《汉语的颜色词(大纲)》,《语言教学与研究》,1991 年第 3 期,第 64 页。

③ 范干良(1996:220、238)"对《红楼梦》前八十回颜色词运用情况进行了初步统计,发现共使用颜色词 155 种";其"统计和分析,均据人民文学出版社 1982 年出版的中国艺术研究院红楼梦研究所校注本",并认为"颜色词这是从表颜色这个意义上划分出来的一个意义类别"。显然,其所持颜色词界定的基本标准及所据《红楼梦》版本与本书基本一致;但深入判定这 155 种颜色词,却发现错讹多多:一是错收了雨过天晴、二色金、姹紫、嫣红、金紫、金碧、碧彩、金翠、黑灰;红红的、黄黄的、翠翠青青;霞、猩猩、虎皮、闪绿、冷翠、祖母绿、雪色、素彩;大赤、胭、黛、赭石、藤黄、箭头朱、南赭、石黄、石绿、管黄、泥银、泥金;玫瑰、白蜡、鹅脂;碧清、碧浏、沉黑;霁、皓、洁、鲜、艳、鲜明、鲜亮、莹洁、晶莹、黢黑、黑黢黢等各类非颜色词 49 个;另外,其所收之"仓"(《红楼梦》共 7 例:仓皇、仓老鼠、仓库、开仓、仓上、成仓、仓促,无 1 例表颜色义)、"素静"(其所用《红楼梦》版本无此词)应分别为"苍""素净",且"素净"不是颜色词。二是漏收微红、春色、檀、火、黄金、杏、黑亮、墨烟、乌油、烟青、黧、白腻、皎皎等颜色词 13 个。不算其漏收的,单单错讹就有 51 个(还不包括表颜色类概念的彩、五彩、五色、各色、杂色、靠色等),错误率高达32.9%。而此统计数据影响颇大,叶军(2001:62);阚洁、丁婷(2009:109);肖家燕(2009:45);刘泽权、苗海燕(2010:20);沈炜艳(2011:227)等所撰论著中直接或间接引用、基本或完全认同其所统计出的《红楼梦》前八十回这 155 种颜色词。

典小说色彩词看色彩的时代性——以清代小说〈红楼梦〉为例》[1]。但对于何为《红楼梦》颜色词，其概念的内涵与外延如何，颜色词与非颜色词的界限在哪，仍然混淆不清，错讹频见。本章试图对上述问题展开研究，明确《红楼梦》颜色词界定的原则和方法，确定其内涵和外延，最终悉数界定出《红楼梦》中的颜色词。

第一节　颜色词概述

一、名称术语

中国语言学界用以表达颜色概念的名称术语并不复杂，通行的主要有"颜色词"和"色彩词"[2]两种。

《现汉典》(1508)释"颜色"为：名①由物体发射、反射或透过的光波通过视觉所产生的印象：～鲜艳｜彩虹有七种～。②〈书〉指面貌；容貌：～憔悴。③指脸上的表情：现出羞愧的～。④指显示给人看的厉害的脸色或行动：给他点儿～看看。《现汉典》(1129)释"色彩"（色采）为：名①颜色：～鲜明。②比喻人的某种思想倾向或事物的某种情调：感情～｜地方～。"颜色"和"色彩"在义项①上为同义词。

也许正因如此，虽然在科学家的眼中，"颜色"与"色彩"是有区别的：前者

---

① 该文是台湾云林科技大学的一篇硕士论文，虽多方寻求，但未能找到全文本，仅从刘晏志(2004:19)和曾启雄、曹志明(2008:150)所引该文之"《红楼梦》中单复字色彩词及色名分类表"，窥探出其通过研究《红楼梦》中色彩使用情形，整理出单字色名29、复字色名59，共计88种色名。因未能检阅沈小云之全文，不知其色彩词界定标准及所用《红楼梦》版本等情况，所以无法深入比较、鉴别这88种颜色词，只发现其中不含黄澄澄、白花花等附加式颜色词。另外，刘云泉(1990:18)曾列表统计出《红楼梦》色彩词49个作为近代汉语色彩词代表。

② 此外还有"颜色字""颜色词语""色彩词语""颜色词汇""色彩词汇""色彩语辞""色象词"等名称术语。

是指物象固有的各种颜色,后者则是指在不同光源、不同环境下因吸收和反射光亮的程度不同所呈现的不同色彩;但在社会上一般人的眼里,物象固有的各种颜色,也必定是在不同光源、不同环境下所呈现的不同色彩,因而,"颜色"即为"色彩","色彩"即是"颜色"。

语言学以人类整体语言为研究对象,"颜色词""色彩词"这两个名称术语所表达的概念在某种意义上说完全等同:"人类用来标记色彩的语词符号是色彩词(也称颜色词)。"①根据词的概念意义划分出来的颜色词或色彩词,就其表义功能而言,主要是用来表示事物的颜色意义或色彩意义;而词汇学上所说的词的意义除了概念意义之外,还有附属于概念意义的色彩意义,但那是指词汇的感情、语体和形象等意义。这是两种不同的"色彩意义",若选取"色彩词"这一术语,在类似"作为社会科学的语言学对色彩的研究,主要是研究具有色彩意义的词汇"②的表述中,就会出现"色彩意义"的内涵模棱两可甚而引人误会的尴尬。故此,本书选定"颜色词"作为主要术语名称。

二、颜色词概念的内涵与外延

人们对颜色词这一概念内涵的认识是明确且一致的:用来标记各种事物颜色的词。但对其外延的看法则不尽相同,有广狭之分。

最狭义的颜色词"是指语言中人们用来标记那些反映自然界中客观存在的真实色彩的语词符号,如红、橙、黄、绿、青、蓝、紫等等"③。这类颜色词的外延"只包括那些可以在色谱上得以反映的具体颜色"④,它强调人的主观认识对客观对象真实存在的反映,其颜色意义完全客观而明确,因而是具体颜色词。较广义的颜色词除上述所指在色谱上可以反映的具体之色、自然之色外,还包括一种存在于色谱之外,"人们直接触入自身的情感体验,从主观感受出发对客观色彩进行反映和说明"⑤的心理之色,例如"妖红、惨白、黑沉沉"等等。这

① 骆峰:《汉语色彩词的文化审视·引言》,上海辞书出版社 2003 年版,第 5 页。

② 刘云泉:《语言的色彩美》,安徽教育出版社 1990 年版,第 5 页。

③ 刘建章:《中学语文颜色词教学研究》,内蒙古师范大学硕士学位论文,2005 年,第 6 页。

④ 叶军:《现代汉语色彩词研究》,内蒙古人民出版社 2001 年版,第 34 页。

⑤ 杨蕾:《现代汉语颜色词之认知研究》,扬州大学硕士学位论文,2009 年,第 56 页。

类颜色词以客观存在的颜色为基础,但亦强调人在认识客观对象时的主观能动性,因而称之为客观抽象颜色词。最广义的颜色词"是指那些反映自然界中客观存在的真实色彩以及人们主观意识中后天形成的抽象色彩印象的词"[①]。说它最广义,是因为它除了包括上述具体颜色词和客观抽象颜色词外,还涵盖一种更主观意义上的抽象色彩词,例如人类的"羞色、怒色、妒色"等等,甚至包括变色龙等动物为适应不同外界环境而引发的主观变色。有论者认为这种颜色词"所反映的色彩是借助知觉对客观对象进行选择性加工而获得的,是一种纯粹的心理之色"[②],其实此说并不妥当。虽然引发出这种颜色的是人或动物的主观个性心理,但其颜色在形诸皮肤时,仍然有其客观性。只是由于具体引发皮肤颜色变化的人或动物的主观心理不同,或者生理反应各异,同一种主观心理状态所形诸皮肤的颜色,因人而异,人见人殊,所以这种由主观心理形诸皮肤的颜色就没有客观确定性。张三之"羞色"与李四之"羞色",完全可以因主体的认知、反应以及表现的不同而不同,因而可称之为主观抽象颜色词。

颜色词外延的不断扩大,应该说是对颜色词不断探索与深入认知的结果,在开阔视野、拓展思维方面有其积极意义。固然,作为一种具体物质形态的颜色,它要依赖于人的主观世界来感知、感受;但是,它所反映的主观世界内容必须建立在客观世界的颜色的基础上,即要依赖于具体的客观事物。因而,颜色词所表达的颜色概念,必须是事物颜色、认识主体二者的有机统一,缺一不可,是一个主观见之于客观的认识实践。前文"主观抽象色彩词",由于其所表达的颜色意义因人而异,不具有明确性和普遍性,所以不在本书收列研究之内。

综上,本书所称颜色词,是指以客观事物具体颜色为基础,通过人们的主观思维活动将其抽象出来的一类语词符号。它包括具体颜色词和客观抽象颜色词。

---

① 叶军:《现代汉语色彩词研究》,第 34 页。
② 叶军:《现代汉语色彩词研究》,第 51 页。

第二节 《红楼梦》颜色词界定的标准与原则

一、《红楼梦》颜色词界定的标准

颜色词是从词的概念意义上划分出来的一类词,就其表义功能而言,主要是用来描写客观世界中各种事物的颜色属性,其词义核心即为颜色意义。因此,界定《红楼梦》颜色词的根本标准就是看一个词在《红楼梦》这一具体言语环境中是否具有客观而明确的颜色意义。

(一)颜色意义的客观性标准

词义是人们对客观事物认识结果的反映,它的形成受到客观存在的事物和人的主观认识两个方面的制约,具有客观性和主观性双重特征,二者相互依存,相互作用。以辩证唯物主义的观点来看,客观事物是认识的基础,也是认识的起点和终点。因此,在词义界定的视域中,虽然不能忽略词义的主观性,但是,必须将词义的客观性视为其最根本性的特征。凡能确定为《红楼梦》颜色词的,其词义必定在《红楼梦》这一具体言语环境中客观地反映了事物的颜色属性,或者虽从主观感受出发,但仍然是以客观存在的事物及其颜色属性为基础,是对客观事物颜色属性所进行的概括与说明。

1.某词在《红楼梦》中有颜色意义,该意义客观地反映自然界事物的颜色属性,这样的词确定为颜色词。(1)某词一般都是指称实物的名物词,但在《红楼梦》具体言语环境中,以物喻色,临时获得一种客观而又生动的颜色意义。例如"翡翠",《大词典》(9·657)、《现汉典》(378)等释义为鸟名、翠羽或硬玉,仅有名物义,但《红楼梦》描写王熙凤时说她"下着翡翠撒花洋绉裙"(三/40)①。显然,此"翡翠"不为名物,而表颜色,指"像翡翠一样的绿色",是颜色词。(2)某词既表指称实物的名物义,同时在长期言语实践中又引申出表达该实物

---

① 本章所有《红楼梦》用例,非特别说明均来自"红校本"。"/"前数字为回目数,后数字为页码。下同。

颜色的颜色义。例如"胭脂",《红楼梦》中有多例:"就是颜色,只有赭石、广花、藤黄、胭脂这四样。"(四十二/570)此"胭脂"为名物词,指一种用于国画的红色颜料。"御田胭脂米二石。"(五十三/719)此"胭脂米"指一种优质稻米,煮熟后色红如胭脂。此"胭脂"表颜色义,指"像胭脂那样鲜艳的红色"。"金""银""玉""墨""黄金""松花"等皆属此类。(3)某词借助实物凸显颜色,但其颜色意义已从与之紧密相连的客观事物中独立出来。表现形式有:具体事物名称加"色",如"荔色""玉色""茄色""松花色"等;具体事物名称加"红""黄""绿"等不同的颜色范畴,如"桃红""鹅黄""葱绿""莲青""宝蓝""玫瑰紫""月白""漆黑"等。(4)某词已完全从具体的客观事物中抽象出来,专表颜色意义;若究其源,仍然是从客观事物中分离、抽象、概括而成。例如"红","帛赤白色"[①];后由表示某种颜色的丝帛(实物名词)抽象为专门表示颜色属性的颜色词。"赤""绛""朱""黄""绿""青""蓝""紫""缁"等皆属此类。

2.某词在《红楼梦》中具有颜色意义,该意义在客观反映自然界事物颜色属性的基础上,还直接融入人的主观认识与情感体验,这样的词确定为颜色词。(1)某词不仅概括反映事物的颜色属性,还以添加修饰性成分的方式具体描写出人对这种客观事物颜色属性的主观感知与情感体味。例如:"左边紫檀架上放着一个大观窑的大盘,盘内盛着数十个娇黄玲珑大佛手。"(四十/538)客观存在的颜色"黄"融入主观体味的"娇",使得"娇黄"这一颜色词极富人为情趣与烂漫色彩。"通红""趣青"等皆属此类。(2)某词不仅概括反映事物的颜色属性,还以附加叠音词缀的方式生动形象地描绘出人们对其色彩属性的心理感受。例如:"咱们前日送了酒去,他(薛蟠)说不会喝;刚才我见他到太太那屋里去,那脸上红扑扑儿的一脸酒气。"(一〇〇/1371)颜色词"红扑扑",其词汇意义几乎就是"红"所表达的意义,"扑扑"只是词缀,无实际词汇意义,但这种表达方式附加有更浓的描绘色彩和主观感情色彩。"黄澄澄""碧荧荧""黑鬒鬒""白漫漫"等皆属此类。

确立颜色意义的客观性标准,就能将"怒色""喜色""愧色"这类建立在人们主观心理认知基础上、因人而异、难以将其颜色属性定性化的主观抽象颜色词,坚定地排除在《红楼梦》颜色词范畴之外。必须进一步明确的是,把这类表

---

① 许慎:《说文解字》,中华书局1990年版,第274页。

示人类情态的词排除在颜色词范畴之外,并不是说颜色词不能表现人的情态变化。相反,表示人生气时可以说"气黄了脸",表示害羞时可以说"羞红了脸",等等。但是,"黄""红"等颜色词表示情态时,是通过对脸部颜色的客观描写表现人的主观情感变化,是脸部颜色的描写伴随着情态的变化,它们指称的颜色,不仅客观外在,而且确定不移。

(二)颜色意义的明确性标准

概括性是词义的共性特征之一。词义的概括性包括明确性与非明确性两方面的内容,非明确性往往通过模糊性表现出来。一直以来,语言学界有一种倾向,认为颜色词是典型的模糊词,颜色词的意义具有模糊性,因而在强调颜色词意义的模糊性的同时,往往忽略了意义的明确性。学者对颜色词模糊性的持论①,主要有四个方面:(1)不同语言往往具有迥然不同的颜色词,这些词对光谱的切分往往有很大的差异。(2)不同语言的颜色词兼有多种颜色义项的情况可能是不大相同的。(3)不同语言对同一颜色不同色彩的表示法可能是很不相同的。(4)操不同语言的人对同一样东西也可能用不同的颜色词表达。这四个方面均是从不同语言之间的对比来论及颜色词的模糊性,是一个相对于精确的自然科学语言的、泛语言学意义上的词汇特性。若就同一语言的共时层面而言,尤其是从汉语言层面对《红楼梦》颜色词进行人文语言研究,准确明白界定出各个颜色词的意义,是必要的。

凡能确定为《红楼梦》颜色词的词,其颜色意义必定在《红楼梦》这一具体语言环境中具有明确性或者相对明确性。②

1.某词具有颜色意义,其意义无论是在《红楼梦》这一具体言语环境中还是其他语言环境下都具有明确性,即所指对象在认识上有确定的范围或外延,这样的词确定为颜色词。(1)以物喻色词中由表物语素加表色语素构成的颜

---

① 参见伍铁平:《论颜色词及其模糊性质》,《语言教学与研究》,1986 年第 2 期;戴庆厦、胡素华《彝语支语言颜色词试析》,《语言研究》,1993 年第 2 期。

② 诸如"彩""五彩""五色""杂色"等虽表示颜色类概念,但难以确定其具体颜色范畴的词,不纳入《红楼梦》颜色词范畴;"花鹓鶒"(三十/413)之"花"(颜色错杂的)、"戏彩斑衣"(五十四/732)之"斑"(色彩驳杂)等无法确定一个清楚明了甚至相对清楚明了的颜色意义,即从根本上说不出它的颜色属性的词,也不纳入《红楼梦》颜色词范畴。

色词。这类颜色词不仅明确客观事物的颜色范畴,还借用实物进一步将其颜色具体化、生动化,使隶属于同一范畴的不同颜色词各自拥有更加确定的内涵和外延。如"猩红""桃红""梅红""杏子红""石榴红"等颜色词,无论是内涵还是外延都比"红"或者"微红"更加具体、明确。其他如"柳黄""豆绿""莲青""雪白""漆黑""玫瑰紫"等皆属此类。(2)以物喻色词中由表物语素加表颜色类概念语素"色"构成的颜色词。这类颜色词虽然没有明示客观事物的颜色范畴,但是有表示色类概念语素"色"的提示,加上以具体事物的颜色为观照点的方式,还是直接明了地确定了颜色词的内涵和外延。"荔色""玉色""茄色""松花色"等皆属此类。(3)不直接借助他物的纯颜色词,诸如单色的"红""黄""绿""青""蓝""紫""灰""黑""乌""白"或"红色""黑色""灰色",复合色的"绛红""红赤""朱红""粉红""紫绛""青黄""红紫""红青""青绿""紫墨色"等,它们都具有明确的颜色意义。

2.某词具有颜色意义,其意义在《红楼梦》这一具体言语环境中甚而其他语言环境下都具有相对明确性,即所指对象在认识上有相对确定的范围或外延,这样的词确定为颜色词。(1)单颜色语素附加以修饰限定性语素或叠音语素而构成的颜色词,其指称对象的范围相对确定,其颜色意义也相对明确。如"大红""微红""浅碧""趣青""娇黄""红扑扑""黄澄澄""碧荧荧""白漫漫"等颜色词,作为整体的词,虽然所指颜色属性并未在色谱上获得单独的颜色身份,但其颜色范畴却都是相对确定的。人们都能明白,无论是"大红"还是"微红",都属红色范畴,还能辨别出"大红"与"微红"的细致差别,其颜色意义相对明确。(2)"金""银""玉""胭脂""黄金""松花"等词,原本是指称实物的名物词,经常性或临时性借以表示颜色,成为颜色词。这类颜色词离开具体语言环境,其颜色意义具有一定的隐蔽性;但是,只要进入实际的言语运用,其颜色意义不仅能显现化,而且因为以物喻色之故,更凸显了其生动具体与明确细致,所以它们是具有某种特殊确定性的颜色词。

客观世界中的颜色是一个连续的系统,有限的颜色词无法一一界限分明地反映自然界中无限的颜色色彩,颜色词词义中存在模糊现象,这个事实不容否定。"红""黄""绿""蓝""紫"等颜色词,它们各自的边缘地带的确存在着无数种词义所不能反映的"过渡色",但是不能因此否定颜色意义的明确性。"红"就是"红"、"黄"就是"黄"、"绿"就是"绿",彼此之间的义界虽然不能说其实也不必说是精确的,但一定是确定且明确的。对这些问题的共识,是我们日常生活乃至于人类文明延续的基础。人文语言要做的,不是使用科学仪器对事物精确测量做出定量研究,而是为外在世界给出一个我们共同认可的定性认识,要求它简洁明了,"能表示出把某类事物和其他事物区别开来的特征就可以了"①。

二、《红楼梦》颜色词界定的原则

《红楼梦》颜色词的界定,虽然明确了"具体言语环境中是否具有客观而明确的颜色意义"这一根本标准,但在具体界定过程中,在方法论上,还必须给出明确的界定原则,才能有助于准确划分出《红楼梦》颜色词族群的边界,使《红楼梦》颜色词族群的成员不混淆、不错讹、不遗漏。

(一)颜色词与颜色语等不能混同②

《红楼梦》颜色词研究,是力求搜集、考察和论证全书中为表达"颜色义"所用的全部的"词"这种语法单位。因此,首先要做的就是,把词这种语法单位与语素、短语等语法单位做一个精确的划分,不能将同样表达了"颜色义"但却不是"词"的其他语法单位与之混同。

1. 表颜色义的成语、短语或成语、短语中的某一结构成分不能界定为颜色词。

(1)"雨过天晴",仅1例:"那个软烟罗只有四样颜色:一样雨过天晴,一样秋香色,一样松绿的,一样就是银红的。"(四十/533)贾母用"雨过天晴""秋香色""松绿""银红"分别表示"软烟罗"的四样颜色,它们作为词或语的形式都表达了颜色义,但只有"秋香色""松绿""银红"为颜色词,"雨过天晴"是颜色语③。

(2)"二色金",仅1例:"穿一件二色金百蝶穿花大红箭袖。"(三/47)"二色

---

① 葛本仪:《汉语词汇研究》,山东教育出版社1985年版,第101页。

② 感谢汪维辉先生对此观点所给予的点拨与启发,不当之处概由笔者负责。

③ 《〈红楼梦〉汉英习语词典》第626页、《成语源流大词典》第1261页均收录有"雨过天晴"。

金",全称"二色金库锦"①。这种库锦上的"百蝶穿花"纹样是用两种不同成色的黄金打成薄如纸的金箔,再将金箔熔化,抽制成极细的金线织入或绣成的。"二色金"就是"两种颜色的金线",既不表颜色义,也不是一个词,而是一个偏正短语。

(3)"姹紫嫣红",仅1例:"原来姹紫嫣红开遍,似这般都付与断井颓垣。"(二十三/316-317)虽然众多词典都收录有"嫣红"②一词且有颜色义项,但书中所引《牡丹亭·惊梦》唱词中的"姹紫嫣红"③是结构上具有凝固性、意义上具有整体性的成语,意思是指各色娇艳的花朵。不能割裂"嫣红"与"姹紫",并将其分别纳入《红楼梦》红系、紫系颜色词范畴。

(4)"金碧""碧彩",各1例:"抬头一看,只见金碧辉煌,文章炳灼。"(二十六/352)"宝玉看时,金翠辉煌,碧彩闪灼。"(五十二/710)"金翠"2例:"正说着,只见宝琴来了,披着一领斗篷,金翠辉煌,不知何物。"(四十九/658)另一例同上在五十二回。细查具体用例,"金碧"④"碧彩""金翠"⑤均为成语或短语构成成分,分指两种颜色或两种事物,"金"与"碧"、"碧"与"彩"、"金"与"翠"并未凝结成表"金碧色""碧彩色""金翠色"义的颜色词。

(5)"黑灰鼠",仅1例:"一时史湘云来了,穿着贾母与他的一件貂鼠脑袋面子大毛黑灰鼠里子里外发烧大褂子。"(四十九/661)"黑灰鼠"是灰鼠的一种,背上毛较长,呈黑色,皮毛名贵。清代纪昀《阅微草堂笔记》卷十五:"灰鼠旧贵白,今贵黑。"⑥显然,用例中"黑"用来修饰"灰鼠",不能视"黑灰"为"黑"与"灰"凝结成表"黑灰色"义的颜色词。

① 冯其庸、李希凡:《红楼梦大辞典》(增订本),文化艺术出版社2010年版,第47页。

② 《大词典》(4·401)义项②:艳丽的红色。《现汉典》(1504):〈书〉形鲜艳的红色。例句均略。

③ 《〈红楼梦〉汉英习语词典》第50页:形容各色的美丽花朵争妍斗艳。《大词典》(4·348)、《汉大成语大词典》第91页:指各种色彩艳丽的花。《现汉典》(139):形容各种颜色的花卉艳丽、好看。例句均略。

④ 指金黄和碧玉的颜色。以"金碧"泛指华丽的色彩。

⑤ 《大词典》(11·1180)释义为"金黄、翠绿之色",并以《红楼梦》第五二回为例。

⑥ 纪昀:《阅微草堂笔记》,上海古籍出版社2010年版,第273页。

2.《红楼梦》除了一批专门用来表达颜色的词、成语、短语外,还常用比况式结构短语生动形象地描绘事物的颜色。其短语中所含有颜色属性的词是否为颜色词,要根据具体情况来界定。

为列示这些丰富多样的比况格式,拟采用两个符号:N_1 表示被描述的事物(一般为名词、名词性短语或数量短语,其下用"．"号标明);N_2 表示用以比况的事物(一般为名词或名词性短语,其下用"＿"标明);格式中其他部分用本字。根据 N_2 意义的不同,可概括为如下两种类型,以此明鉴用以比况的 N_2 是否为颜色词:

(1)"N_1＋若/如＋其他动词＋N_2"式——N_2 在此结构中表名物义为名物词,但在《红楼梦》的他处有颜色义用例,可界定为颜色词。

"面如傅粉""唇若涂朱"。例:"宝玉一见那人,面如傅粉,唇若涂朱。"(九十三/1286)比况结构中的"面"与"粉"、"唇"与"朱"都是外表对应、本质相异的两种事物,"粉""朱"分别表示"妆饰用的白色粉末"和"胭脂类的红色之物",与"面""唇"在颜色上的相似性蕴含于比况结构中,使整个比况结构间接却生动形象地表达了傅"粉"涂"朱"后之面"白"唇"红"的颜色效果,而非"粉""朱"直接用作颜色词。当然,"粉"和"朱"在《红楼梦》中有颜色义用例:"说着,果然出去带进一个小后生来,较宝玉略瘦些,眉清目秀,粉面朱唇,身材俊俏,举止风流,似在宝玉之上。"(七/110)同样是写人之面"白"唇"红",同样是用"粉""朱"二词,显然,此例中的"粉""朱"均表颜色义。《红楼梦》还有一批这样兼具名物义与颜色义的词,如"金""银""墨""胭脂"等,它们有时直接表颜色义,有时表名物义却通过比况方式生动形象描绘事物颜色。

(2)"N_1/N_2＋若或如/其他动词/般或一般或似的/颜色词＋N_2/N_1"式——N_2 在此结构中表名物义为名物词,在《红楼梦》他处也没有颜色义用例,不能将之界定为颜色词。

①"N_1＋若或如＋N_2"式

例1:"宝玉听了,方忍住近前,见秦钟面如白蜡,合目呼吸于枕上。"(十六/214)

例2:"只见许多异草:……或实若丹砂,或花如金桂,味芬气馥,非花香之可比。"(十七、八/226-227)

例3:"话未说完,把个贾政气的面如金纸。"(三十三/442)

例4:"邢夫人进去,见凤姐面如纸灰,合眼躺着,平儿在旁暗哭。"(一
○五/1427)

②"N₁+其他动词+N₂"式

例5:"那一边乃是一颗西府海棠,其势若伞,丝垂翠缕,葩吐丹砂。"
(十七、八/230)

例6:"只见柳垂金线,桃吐丹霞,山石之后,一株大杏树,花已全落,叶
稠阴翠,上面已结了豆子大小的许多小杏。"(五十八/800)

例7、例8:"(尤三姐)两个坠子却似打秋千一般,灯光之下,越显得柳
眉笼翠雾,檀口点丹砂。"(六十五/909)

例9:"靥笑春桃兮,云堆翠髻;唇绽樱颗兮,榴齿含香。"(五/72)

例10:"第一个肌肤微丰,合中身材,腮凝新荔,鼻腻鹅脂,温柔沉默,
观之可亲。"(三/38)

③"N₁+若或如+其他动词+N₂"式。

例11:"(宝玉)越显得面如敷粉,唇若施脂。"(三/48)

例12:"见宝玉戴着束发银冠,勒着双龙出海抹额,穿着白蟒箭袖,围
着攒珠银带,面若春花,目如点漆。"(十五/192)

④"N₁+N₂+一般"式。

例13:"后果然又养了一个(儿子),今年才十三四岁,生的雪团儿一
般,聪明伶俐非常。"(三十九/526)

⑤"N₁+颜色词+若或如(+其他动词)+N₂"式。

例14:"头上周围一转的短发,都结成小辫,红丝结束,共攒至顶中胎
发,总编一根大辫,黑亮如漆,从顶至梢,一串四颗大珠,用金八宝坠角。"
(三/50)

例15:"大约骚人咏士,以花之色红晕若施脂,轻弱似扶病,大近乎闺
阁风度,所以以'女儿'命名。"(十七、八/230)

⑥"N₂+似的或般+颜色词+N₁"式。

例16:"睡觉时只见腰里一条血点似的大红汗巾子,袭人便猜了八九

分。"(二十八/387)

　　例 17:"宝玉满口里说'好热',一壁走,一壁便摘冠解带,将外面的大衣服都脱下来麝月拿着,只穿着一件松花绫子夹袄,袄内露出<u>血点</u>般大红^①裤子来。"(七十八/1096)

　　上述 17 例比况式结构中的"实""葩""檀口"与"丹砂"、"桃"与"丹霞"、"面"与"白蜡""金纸""纸灰"、"柳眉"与"翠雾"、"唇"与"樱颗"、"唇""花"与"脂"、"腮"与"新荔"、"鼻"与"鹅脂"、"目""大辫"与"漆"、"一个(儿子)"与"雪团儿"、"汗巾子""裤子"与"血点"都是外表对应、本质相异的事物,用以比况的"丹砂""丹霞""白蜡""金纸""纸灰""翠雾""樱颗""脂""新荔""鹅脂""漆""雪团儿""血点"^②仅为名物词,其与"实""葩""檀口""桃""面""柳眉""唇""花""腮""鼻""目""大辫""一个(儿子)""汗巾子"、"裤子"在颜色上的相似性蕴含于比况结构中^③,是整个比况结构间接却生动形象表达了颜色义,或像例 14 至例 17 同时另用颜色词"黑亮""红晕""大红"直接表达颜色义,而非"丹砂""丹霞""金纸""纸灰""翠雾""樱颗""脂""新荔""漆""雪团儿""血点"直接作为颜色词表达颜色义。

---

① 《红楼梦》早期抄本列藏本将"血点般大红"删减为"血点红"。如此"血点红"就跟"石榴红""杏子红""海棠红"一样成为了颜色词。参见冯其庸主编:《脂砚斋重评石头记汇校汇评》,第 17932 页。

② "丹砂"共 4 例,均表名物义:3 例用于比况结构,另 1 例"指丹砂炼成的丹药":"原是老爷秘法新制的丹砂吃坏事。"(六十三/880)"纸灰"共 2 例,均表名物义:1 例用于比况结构,另 1 例"指钱纸烧化的灰":"那婆子听如此,亦发狠起来,便弯腰向纸灰中拣那不曾化尽的遗纸,拣了两点在手内。"(五八/801)"脂"共 57 例,除去"胭脂"之"脂"25 例以及"鹅脂""脂玉"之"脂"各 1 例,余下 30 例均表名物义:其中 2 例用于比况结构,另 28 例表"油脂;脂肪"或"指面脂、唇脂一类的化妆品"。"漆"共 30 例,均表名物义:2 例用于比况结构,另 28 例均表"黏液状的涂料"。"血点"2 例,均表名物义,用于比况结构。"丹霞""金纸""翠雾""樱颗""新荔""鹅脂""雪团儿"均只 1 例,用于比况结构。

③ 有的两物兼具形、色相似,如"唇"与"樱颗"、"柳眉"与"翠雾"。

3.颜色词的重叠变异式不能界定为另一新颜色词①,即颜色词原式与其重叠变异式同现于《红楼梦》,原则是只将原式界定为颜色词。单音节颜色词"红""黄"在《红楼梦》中有大量颜色义用例,且各有1例重叠变异式"红红""黄黄":"次日贾母见他(尤二姐)眼红红的肿了,问他,又不敢说。"(六十九/957)"贾琏听如此说,又见凤姐儿站在那边,也不盛妆,哭的眼睛肿着,也不施脂粉,黄黄脸儿,比往常更觉可怜可爱。"(四十四/594)例中"红红""黄黄"只是其原式"红""黄"通过重叠而产生的变异形式,重叠后除了附加颜色程度加深的语法意义以及情感色彩外,词汇基本意义和核心意义并未改变,因而并未凝结成新的颜色词。另外,《红楼梦》有1例"翠翠青青":"宝玉听了,怔了半天,因看着那院中的香藤异蔓,仍是翠翠青青,忽比昨日好似改作凄凉了一般,更又添了伤感。(七十八/1098)"例中"翠翠青青"应该是其原式"翠青"通过重叠而产生的变异形式,而"翠青"在《红楼梦》中并无用例,故将"翠翠青青"视为"翠""青"的重叠变异式。

此外,"绛""猩""丹""朱""茜""檀""火""杏""金""苍""墨""乌""缁""鹥""皂""元(玄)""缟""银""玉""雪""幡"等单音节结构,它们在《红楼梦》中都有颜色义用例,但句法功能方面与"红""黄""绿""黑""白"等基本颜色词不尽相同。表颜色义的它们一般不单用,总是在"绛珠""猩袍""丹唇""朱笔""茜纱""檀口""火腿""杏帘""金桂""苍苔""墨漆""乌帽""缁衣""鹥鸡""皂旗""元狐""缟带""银鼠""玉虹""雪浪""幡然"等相对固定的双音结构模式中使用。从传统语法学角度看,这些在古代汉语中曾经作为独立的造句成分存在的单音词,在近代汉语代表作的《红楼梦》中已然降格为构词语素;但从韵律句法学的角度看,它们其实是一种"句法自由、韵律粘着"②的带有典雅语体色彩的单音节文言词。我们仍然将其纳入《红楼梦》颜色词范畴之中。

(二)颜色词与名物词不能混淆

汉语颜色词大多经历了从具体到抽象,从对表示具有某种颜色属性的事物名称的依附发展而成颜色专名的历史过程,包含颜色属性的名物词客观上

---

① 颜色词重叠变异式与重叠式颜色词有别:前者是词的重叠,后者则是只能以"重叠式"出现才能成词的词。例如"皑皑",就是重叠式颜色词。《红楼梦》仅1例:皑皑轻趁步,剪剪舞随腰。(五十/670)

② 冯胜利:《汉语书面用语初编》,第2页。

都有转变为表示颜色属性的颜色词的可能性。反过来，也可能出现以色代物的情形，致使某些词看似是表示事物颜色属性的颜色词，其实质却是指代名物的名物词。在界定过程中，既不能将仅有名物义的名物词误认为颜色词，也不能将兼具名物义与颜色义的词排除在颜色词族群之外。

1.《红楼梦》中的"胭""黛""赭石""藤黄""箭头朱""南赭""石黄""石绿""管黄""泥金""泥银"等，是仅用于指称化妆或国画颜料的名物词，不能界定为颜色词①。

(1)"胭"除"胭脂"之"胭"25例外，另有3例："只见好几个丫头在那里扫地，都擦胭抹粉，簪花插柳的，独不见昨儿那一个。"(二十五/334)"我替你们算出来了，有限的几宗事：不过是头油、胭粉、香、纸，每一位姑娘几个丫头，都是有定例的。"(五十六/768)"素云一面取来，一面将自己的胭粉拿来。"(七十五/1041)"胭"均表"胭脂"义，《红楼梦》中无颜色义用例。

(2)"黛"除专名"黛玉""宝黛""钗黛""黛山"等用例外，另有2例："西方有石名黛，可代画眉之墨。"(三/50)"眉黛烟青②，昨犹我画。"(七十八/1109)古时妇女用一种青黑色的颜料"黛"画眉，妇女眉毛有"黛"或"眉黛"的代称。无论是"西方有石名黛"之"黛"还是"眉黛烟青"之"黛"均表名物义，虽然《大词典》(12•1358)《现汉典》(252)等都收录有"黛"之颜色义项"青黑色"或"青黑色的"，但《红楼梦》中无颜色义用例。

(3)"赭石""藤黄""箭头朱""南赭""石黄""石绿""管黄""泥银"各1例："就是颜色，只有赭石、广花、藤黄、胭脂这四样。"(四十二/570)"箭头朱四两，南赭四两，石黄四两，石青四两，石绿四两，管黄四两，广花八两，蛤粉四匣，胭

---

① 有些颜料名物词在名物义基础上引申出颜色义，在《红楼梦》中，它们或兼有名物义与颜色义，或仅表颜色义，这样的词当然界定为颜色词。例如"石青"，《红楼梦》中兼表名物义"蓝色的矿物质(蓝铜矿)颜料"(1例)和颜色义"如同石青的一种蓝色"(9例)；"胭脂"，《红楼梦》中既表名物义"一种名为红蓝花的植物"(1例)以及由此花制成的"一种用于化妆和国画的红色颜料"(19例)，也表颜色义"像胭脂那样鲜艳的红色"(3例)；原为颜料名的"靛青"(1例)、"碧青"(2例)、"佛青"(1例)等《红楼梦》中仅表颜色义。

② 《红楼梦》早期抄本杨藏本为"眉黛眼青"。从语句结构看，"眉"与"眼"相对，"黛"与"青"相对，此语境下的"黛"表颜色义，为颜色词。参见冯其庸主编：《脂砚斋重评石头记汇校汇评》，第18170页。

脂十片,大赤飞金二百帖,青金二百帖。"(四十二/571)"就是配这些青绿颜色并泥金泥银,也得他们配去。"(四十二/570)此处惜春、宝钗所说的"颜色"①就是指颜料。虽然"赭石""藤黄""箭头朱""南赭""石黄""石绿""管黄""泥金""泥银"等颜料无一例外都具有鲜明色彩特征,有的还因色以名物,但其词义指向是名物义而非颜色义。"泥金"除上述 1 例外,前 80 回还有 4 例:"内中只有江南甄家一架大屏十二扇,大红缎子缂丝'满床笏',一面是泥金'百寿图'的,是头等的。"(七十一/987)"宝玉拿了一幅泥金角花的粉红笺出来,口中祝了几句,便提起笔来写道。"(八十九/1244)"宝玉走到里间门口,看见新写的一付紫墨色泥金云龙笺的小对。"(八十九/1245)"办泥金庚帖,填上八字,即叫人送到琏二爷那边去。"(九十七/1335)"泥金",是金箔的再制品,一种用金箔和胶水制成的金色颜料。"就是配这些青绿颜色并泥金泥银,也得他们配去。"(四十二/570)此"泥金"就是指这种颜料。其余 4 例"泥金",严格说来,是这种颜料的用法:"在碟内用手指加胶把金箔研成细泥,用笔蘸着描绘②书画,涂饰笺纸庚贴。如此,就有了"泥金'百寿图'""泥金角花的粉红笺""泥金云龙笺""泥金庚帖"。总之,"泥金"不是颜色词。

2. "冷翠""祖母绿""金紫""素彩""雪色""土色",在构词形式上分别与颜色词"娇黄""佛青""荔色""金黄""素白""茄色"等相同,很容易被视为颜色词,但实质上它们都表名物义,是名物词。

(1)"冷翠":"轻烟迷曲径,冷翠滴回廊。"(十七、八/246)从上下文看,"轻烟"对"冷翠","轻烟"为名物词,"冷翠"应该也是名物词,它以色代物,指翠叶上清泠的露珠。

(2)"祖母绿":"我(宝琴)八岁时节,跟我父亲到西海沿子上买洋货,谁知有个真真国的女孩子,才十五岁,那脸面就和那西洋画上的美人一样,也披着黄头发,打着联垂,满头带着都是珊瑚、猫儿眼、祖母绿这些宝石。"(五十二/707)此处"祖母绿"是指一种宝石,虽然它呈翠绿色,色彩特征鲜明,因色以名物,但其词义指向是名物义而非颜色义。

(3)"金紫":"金紫万千谁治国,裙钗一二可齐家。"(十三/178)"金"指"金

---

① 《现汉典》(1508)注音释义此"颜色":yán·shai〈口〉名 颜料或染料。
② 于非闇:《中国画颜色的研究》(修订版),北京联合出版公司 2013 年版,第 22 页。

印","紫"指"紫绶";"金紫"原为金印紫绶的简称,亦代指高官,此处引申指"男人",与"裙钗"所借指的"妇女"相对应。"金紫"以色名物,不是颜色词。

（4）"素彩"："晴光摇院宇,素彩接乾坤。"（七十六/1066）中秋月夜,林黛玉与史湘云凹晶馆联诗,联着联着就点题说"月"了。"晴光"指月光;与之相对的"素彩",本指白色的光彩,此处亦指月光,是名物词。

（5）"雪色"："回头一看,恰是妙玉门前栊翠庵中有十数株红梅如胭脂一般,映着雪色,分外显得精神,好不有趣!"（四十九/663）此处"雪色"就是指本义"雪的颜色",而非其颜色引申义"白色"。

（6）"土色",仅后四十回 3 例:"薛姨妈见里头丫头传进话去,更骇得面如土色。"（八十五/1201）"贾芹拾来一看,吓得面如土色。"（九十三/1294）"独有贾赦贾政一干人唬得面如土色,满身发颤。"（一〇五/1421）"面如土色"之"土色"就是指本义"土的颜色",而非其颜色引申义"像土一样的黄色"①。

3."黄金""春色"这类词,其基本义和常用义当为名物义,在一定的合适的语法关系和言语环境中所引伸出的颜色义容易被忽略,界定时不能因此仅视其为名物词而将之排除在颜色词范畴外。

（1）"黄金",共 4 例,其中 3 例指名物:"一面说,一面解了排扣,从里面大红袄上将那珠宝晶莹黄金灿烂的璎珞掏将出来。"（八/121）"万两黄金容易得,知心一个也难求。"（五十七/786）"论交之道,不在肥马轻裘,即黄金白璧,亦不当锱铢较量。"（七十九/1118）仅 1 例指颜色:"然后一把曲柄七凤黄金②伞过来,便是冠袍带履。"（十七、八/236）"黄金",本为金属名,因其色,引伸出"黄金色"义。《红楼梦》中它兼具名物义与颜色义,理应界定为颜色词。

（2）"春色",共 5 例,其中 2 例为其本义"春天的景色":"枕上轻寒窗外雨,眼前春色梦中人。"（二十三/322）"风透湘帘花满庭,庭前春色倍伤情。"（七十/966）2 例"喻娇艳的容颜":"可叹这,青灯古殿人将老;辜负了,红粉朱楼春色

---

① 《现汉典》（1327）将"土色"视为颜色词,释义为"像土一样的黄色",没有问题;但唯一例证是"面如土色",这就有问题了。

② 比照《红楼梦》早期抄本中该词的异文,列藏本、杨藏本、舒叙本、甲辰本、程甲本为"金黄",可见,"黄金伞"是金黄色的伞而非黄金做的伞,"黄金"隐性的颜色引申义通过其异文"金黄"得以显现,此"黄金"界定为颜色词有了充分依据。参见冯其庸主编:《脂砚斋重评石头记汇校汇评》,第 10202 页。

阑。"(五/83-84)"尤二姐只穿着大红小袄,散挽乌云,满脸春色,比白日更增了颜色。"(六十五/907)1 例表颜色义:"姑娘今儿脸上有些春色,眼圈儿都红了。"(三十九/521)此"春色"是"指酒后脸上泛起的红色"。平儿喝了些酒,微带醉意,脸色发红,周瑞张材家的便用"春色"这个含蓄雅致的词奉承她。

(三)颜色词与含色词不能混一

这里所说的"含色词"是指"碧清""碧浏""翠润"等含有色彩词素但整体词义并不表示颜色概念的词,这类词不能与颜色词混同为一。"碧清""碧浏""翠润",各 1 例:"藕香榭已经摆下了,那山坡下两颗桂花开的又好,河里的水又碧清,坐在河当中亭子上岂不敞亮,看着水眼也清亮。"(三十八/503)"只见迎面忽有一带水池,只有七八尺宽,石头砌岸,里面碧浏清水流往那边去了,上面有一块白石横架在上面。"(四十一/555)"吃毕药,只见窗外竹影映入纱来,满屋内阴阴翠润,几簟生凉。"(三十五/461)文中"碧清""碧浏""翠润"分别为"碧绿澄澈""碧绿清澈""翠绿润泽"之义。显然,"碧"与"清"、"碧"与"浏"、"翠"与"润"虽然并列一处,构而为词,但其词义只是二者语素义的简单相加,并未整体融合起来用以表达一个颜色概念义,这样的词仅为含色词而非颜色词。

(四)颜色词与一般形容词不能混杂

客观颜色所具有的色相、明度和纯度这三大属性之间密不可分,但色相是颜色更为突出的核心特征。颜色概念,更多的是一种反映色相的概念。[①] 一个词,若未描写某一对象的具体色相,仅用以形容客观色彩的明度或纯度,只能视为一般形容词。不能将"霁""皓""鲜""艳""鲜明""鲜亮""莹洁""晶莹"[②]等

---

① 色彩学上一般将色彩分为有彩色和无彩色两大色系。有彩色系的红、橙、黄、绿、青、蓝、紫等颜色具有色相、明度、纯度三大基本特征;无彩色系的黑、白、灰只具有明度这一个基本特征。但具有明度的黑、白、灰与形容明度的一般形容词不同。

② 类似的词《红楼梦》中还有很多,如"淡":"淡极始知花更艳,愁多焉得玉无痕。"(三十七/492)"深":"别圃移来贵比金,一丛浅淡一丛深。"(三十八/510)"浓":"桃花带雨浓。"(四十/544)"光艳":"一应执事陈设,皆系现赶着新做出来的,一色光艳夺目。"(十四/189)"鲜妍":"明媚鲜妍能几时,一朝飘泊难寻觅。"(二十七/371)"娇艳":"这才娇艳。再要雅淡之中带些娇艳。"(三十五/470)"鲜艳":"平儿依言妆饰,果见鲜艳异常,且又甜香满颊。"(四十四/593)"浓艳":"凡这屏上所绣之花卉,皆仿的是唐、宋、元、明各名家的折枝花卉,故其格式配色皆从雅,本来非一味浓艳匠工可比。"(五十三/727)

这类一般形容词与颜色词混杂为一。

1.“霁”,共 3 例,其中:“前夕新霁,月色如洗。”(三十七/485)此“霁”表示“雨后或雪后转晴”。另 2 例:“霁月难逢,彩云易散。”(五/75)“好一似,霁月光风耀玉堂。”(五/83)此“霁”意为“明朗、晴朗”,用以形容月色之明。

2.“皓”,共 5 例,除“商山四皓”(一〇八/1454)之“皓”借指须眉皓白之老者外,其余 4 例均为“皓月”之“皓”,意为“明亮”,用以形容月色之明。

3.“鲜”,有“鲜明”义,仅用以形容色彩明度。例:“颜色又鲜,纱又轻软,我竟没见过这样的。”(四十/532)。

4.“艳”,泛指“花卉、衣饰等物鲜明美丽”。例:“(那凤姐儿)粉光脂艳,端端正正坐在那里,手内拿着小铜火箸儿拨手炉内的灰。”(六/98)“淡极始知花更艳,愁多焉得玉无痕。”(三十七/492)此“艳”仅用以形容服饰、花卉等色彩的明度。

5.“鲜亮”,仅 1 例:“嗳哟,好鲜亮活计!”(三十六/478)此“鲜亮”方言中意为“(颜色)明亮”,仅用以形容袭人为宝玉所做兜肚颜色的明度。

6.“鲜明”,共 4 例:“那僧便念咒书符,大展幻术,将一块大石登时变成一块鲜明莹洁的美玉,且又缩成扇坠大小的可佩可拿。”(一/3)“士隐接了看时,原来是块鲜明美玉,上面字迹分明,镌着‘通灵宝玉’四字,后面还有几行小字。”(一/9)“省出来的,你又爱穿件鲜明衣服。”(十/141)“众人远远接着,见探春出跳得比先前更好了,服采鲜明。”(一一九/1584)“鲜明”意为“(颜色)明亮”,用以形容服饰色彩的明度。

7.“莹洁”,仅 1 例:“那僧便念咒书符,大展幻术,将一块大石登时变成一块鲜明莹洁的美玉,且又缩成扇坠大小的可佩可拿。”(一/3)此“莹洁”意为“晶莹洁净”,仅用以形容美玉颜色的纯度与明度。

8.“晶莹”,共 4 例:“不想后来又生一位公子,说来更奇,一落胎胞,嘴里便衔下一块五彩晶莹的玉来,上面还有许多字迹,就取名叫作宝玉。”(二/27—28)“空对着,山中高士晶莹雪;终不忘,世外仙姝寂寞林。”(五/82)“一面说,一面解了排扣,从里面大红袄上将那珠宝晶莹黄金灿烂的璎珞掏将出来。”(八/121)“那人只得将一个红绸子包儿送过去。贾琏打开一看,可不是那一块晶莹美玉吗。”(九十五/1318)“晶莹”意为“光亮而透明”,仅用以形容美玉、璎珞等颜色的纯度与明度。

另外,"黑魆魆""魆黑""沉黑"各有 1 例:"正自胡猜,只见黑魆魆的来了一个人,贾瑞便意定是凤姐。"(十二/163)"晴雯走进来,满屋魆黑,并无点灯。"(三十四/455)"秋霖脉脉,阴晴不定,那天渐渐的黄昏,且阴的沉黑,兼着那雨滴竹梢,更觉凄凉。"(四十五/607)例中"黑魆魆""魆黑""沉黑"是用以"形容黑暗无光"或"形容天色阴暗",在《红楼梦》中为一般形容词而非颜色词。

第三节 《红楼梦》颜色词族群的确定

根据在具体言语环境中必须具有明确而客观的颜色意义这一界定标准及其相关界定原则,反复研读《红楼梦》文本,并借助有关论著及字典辞书,逐一严格地界定《红楼梦》颜色词,最终确定《红楼梦》颜色词族群范围。

一、界定《红楼梦》颜色词

依据词义标准界定《红楼梦》颜色词,主要有以下两类情况:

(一)某词在《红楼梦》中是单义词,其唯一义位即表颜色义,这样的词确定为颜色词。此类颜色词共有 91 个。

1.某词在《红楼梦》中仅运用 1 次,其唯一义位即表颜色义,这样的词是颜色词。例如"紫绛":"如今虽死,肚中坚硬似铁,面皮、嘴唇烧的紫绛皱裂。"(六十三/880)"紫绛"表"紫红色"义。"梅红""海棠红""石榴红""杏子红""通红""绛红""粉红""红紫""红晕""红潮""红扑扑""红赤""荔色""杨妃色""酡绒""葱黄""柳黄""金黄""青黄""娇黄""蜜合色""豆绿""柳绿""松绿""碧绿""水绿""油绿""浅碧""碧荧荧""苍翠""莲青""藕合""菁葱""碧青""佛青""鬼脸青""趣青""红青""宝蓝""玫瑰紫""茄色""酱色""黑色""黑亮""黑鬒鬒""黑油油""墨烟""紫墨色""靛青""铁青""烟青""白净""白腻""净白""素白""白漫漫""白汪汪""皤""皑皑""皎皎"等皆属此类。此类颜色词共 61 个。

2.某词在《红楼梦》中不止运用 1 次,但仍是单义词,其唯一义位即表颜色义,这样的词是颜色词。例如"红色",共 2 例:"贾环看了一看,果然比先的带些红色,闻闻也是喷香。"(六十/820)"惟有白石花阑围着一颗青草,叶头上略有红色。"(一一六/1541)例中"红色"均表"红的颜色"。"桃红""猩红""银红"

"水红""大红""朱红""微红""鲜红""血色""茜""鹅黄""黄澄澄""松花""松花色""秋香色""葱绿""松花绿""青绿""藕合色""月白""玉色""缁""黧""皂""雪白""苍白""白茫茫""白花花""灰色"等皆属此类。此类颜色词共30个。

(二)某词在《红楼梦》中是多义词,其中至少有一个义位表颜色义,这样的词确定为颜色词。此类颜色词共有41个。

1.某词在《红楼梦》中有两个甚至三个义位表示颜色义,这样的词是颜色词。例如"翠",《红楼梦》中共出现153次,除去红楼人物用字"翠"72次[①],复音节颜色词"苍翠""翡翠"中所含词根语素"翠"2个,余下79个"翠",可概括出7个义位:①鸟名。②指翠鸟的羽毛。③硬玉。④青绿色。⑤指青绿色的东西。⑥鲜明。⑦(形容发、眉)黑色。义位④和⑦均表颜色义,"翠"是颜色词。"红""飞红""粉""黄""青"皆属此类。此类颜色词共6个。

2.某词在《红楼梦》的多个义位中有一个义位表示颜色义,这样的词是颜色词。

(1)颜色义为该词基本义,其余义位为一般义[②]。例如单字"朱"在《红楼梦》中共出现32次,除去复音节颜色词"朱红"之"朱"3次,文史、红楼人物及地名等专用"朱"字9次[③],余下20个"朱",在《红楼梦》中主要有3个义位:①朱红。②红色之物。指胭脂、朱书、朱漆之类。③朱砂。其中表颜色义的"朱红"运用14次,占总数的70%,为基本义,其余义位为一般义。"赤""绛""丹""绿""碧""苍""蓝""石青""黑""乌""乌油""皂""白""洁白""缟"等皆属此类。此类颜色词共16个。

(2)颜色义并非该词基本义,只是在其基本义基础上引申出来的较为固定的一般义。例如单字"金"在《红楼梦》中总共出现669次,除去文史、红楼人物及地名专用"金"字321次及复音节颜色词金黄、黄金、青金所用"金"3次,余下345个"金",可概括出12个义项,基本义为"金子或黄金",用例最多,共108例,约占31.4%。"金"本为有色之实物,通过比喻方式引申出"像金子的颜色"

的颜色义,该义在《红楼梦》中共使用 38 次,约占 11％,是"金"的一个常用且固定的义位,并已是进入词典的一个义项。"春色""猩""杏""檀""火""胭脂""漆黑""墨""素""银""玉""雪""霜""灰"等皆属此类。此类颜色词共 15 个。

(3)颜色义并非该词基本义,只是在《红楼梦》这一具体语言环境中临时派生出来的一个语境义。例如"翡翠",除人名外,《红楼梦》还有 4 例:"下着翡翠撒花洋绉裙。"(三/40)"一面说,一面碧月早捧过一个大荷叶式的翡翠盘子来,里面盛着各色折枝菊花。"(四十/530)"翡翠楼边悬玉镜,珍珠帘外挂冰盘。"(四十八/649)"或湿鸳鸯带,时凝翡翠翘。"(五十/674)"翡翠",原为"鸟名",也"指翠羽";因其颜色非常漂亮,还以"翡翠"命名一种产自缅甸的玉石。例句中"翡翠盘子""翡翠楼""翡翠翘"之"翡翠"都是名物;唯有"翡翠撒花洋绉裙"之"翡翠"以物喻色,临时派生指"像翡翠一样的绿色",这个颜色义无论是《大词典》还是《现汉典》均未收录。"黄金""银霜""元(玄)"等皆属此类。此类颜色词共有 4 个。

二、确定《红楼梦》颜色词族群范围

最终,我们从《红楼梦》中共界定出 132 个①颜色词,分属 9 个颜色范畴:

1.红色范畴颜色词共 38 个:红、红色、桃红、梅红、海棠红、石榴红、杏子红、猩红、银红、水红、大红、通红、微红、鲜红、朱红、绛红、粉红、红紫、飞红、红晕、红潮、红扑扑、赤、红赤、绛、紫绛、荔色、春色、杨妃色、血色、朱、丹、茜、猩、檀、火、胭脂、酡绒。其中梅红、鲜红、粉红、红潮、红扑扑、红赤、杨妃色、血色仅出现在后四十回。

2.白色范畴颜色词 23 个:白、白净、白腻、洁白、净白、素白、雪白、苍白、白茫茫、白漫漫、白汪汪、白花花、素、缟、银、银霜、玉、粉、雪、霜、皤、皎皎、皑皑。其中净白仅出现在后四十回。"粉"为多义颜色词,除了表示"白色的",还指"粉红色的"。

3.绿色范畴颜色词共 22 个:绿、葱绿、豆绿、柳绿、松绿、松花绿、青绿、碧

---

① 其中"粉(白色的、粉红色的)""杏(像杏子那样的黄色、像杏花那样的粉红色)""翠(青绿色、黑色)"表两种颜色;"青(绿色、蓝色、黑色)"表三种颜色,但计算词条数时均只计算为 1 个。

绿、水绿、油绿、碧、浅碧、碧荧荧、翠、苍翠、翡翠、青、莲青、苍、藕合、藕合色、菁葱。其中松花绿、菁葱仅出现在后四十回。"青"为多义颜色词,除了表示"绿色",还指"蓝色""黑色"。"翠"也是多义颜色词,除了表示"翠绿色",还指"黑色"。

4.黑色范畴颜色词17个:黑、黑色、黑亮、黑鬒鬒、黑油油、漆黑、墨、墨烟、紫墨色、乌、乌油、铁青、烟青、元(玄)、缁、黧、皂。其中黑色、黑油油、紫墨色、元(玄)仅出现在后四十回。

5.黄色范畴颜色词共15个:黄、葱黄、柳黄、鹅黄、金黄、青黄、娇黄、黄澄澄、金、黄金、松花、松花色、蜜合色、秋香色、杏。其中青黄仅出现在后四十回。"杏"为多义颜色词,除了表示"像杏子那样的黄色",还指"像杏花那样的粉红色"。

6.蓝色范畴颜色词共11个:石青、碧青、靛青、佛青、鬼脸青、趣青、红青、蓝、宝蓝、月白、玉色。其中佛青、趣青、蓝、宝蓝仅出现在后四十回。

7.紫色范畴颜色词共3个:紫、玫瑰紫、茄色。

8.灰色范畴颜色词2个:灰、灰色。

9.棕色范畴颜色词仅1个:酱色,出现在后40回。

第三章 《红楼梦》
疑难颜色词的考辨

在界定《红楼梦》颜色词的过程中,遇到不少疑难问题:《红楼梦》中本不是颜色词的词为何总被误认为是颜色词? 在《红楼梦》传抄中有的颜色词是如何错录、讹变的? 时代变迁致使《红楼梦》中有些颜色词的词义、颜色范畴发生了怎样的改变? 这些疑难问题,对应着一个个疑难颜色词,需要细加考辨,弄清它们的意义、理据、来龙去脉,这是《红楼梦》颜色词研究的一项十分重要的工作。

本章拟定《红楼梦》所叙故事时代背景为清代,立足既有文献资料和研究成果,选取"酡绒""猩猩""藕合""藕合色""松花""松花色""松花绿""松绿"等疑难词为代表,溯其源、考其形、辨其义,通过察考辨别,力求弄清其真面目。

第一节 "酡绒"考辨[①]

"酡绒",《红楼梦》仅1例:

当时芳官满口嚷热,只穿着一件玉色红青酡绒三色缎子斗的水田小夹袄。(六十三/867)[②]

"红校本"认为"酡绒""玉色""红青"都是颜色词,其注将"酡绒"释为"带着

① 本节内容曾以论文形式发表,详见曹莉亚(2018)。收入本书时文字略有改动。

② 本章所有《红楼梦》用例,非特别说明均来自"红校本"。"/"前数字为回目数,后数字为页码。下同。

赭色的淡红"。另释"酡(tuó 驼)"为"酒后脸上出现的红晕","绖"为"经而未纬者曰机绖"。"水田小夹袄"就是"用玉色、红青、酡绖三种颜色的缎子小块拼到一起做成的小夹袄"。①

"酡绖"实为错录词。现存《红楼梦》十三种早期抄本中,"舒序本"残存前四十回,"甲戌本"残存十六回中没有六十三回,"卞藏本"残存前十回,"郑藏本"只有二十三、二十四两回,余下九种仅"己卯本"为"酡绖","庚辰本"为"酡绒","蒙府本""戚序本""戚宁本""列藏本""杨藏本""甲辰本""程甲本"均为"驼绒"②。

"酡绖"应为"驼绒",因为后者构词有理据而前者不具备。《大字典》(6·3817)释"酡"为:(一)tuó①酒后脸红。②泛指脸红。(二)duò 将醉。《大字典》(6·3612)释"绖"为:(一)zhì①同"织"。《说文·系部》:"绖,乐浪挈令织。"②量词。二十丝为绖。(二)shì 织机上未与纬线交织的经线。"酡"与"绖"任何一个义项相组合都无法构成一个有理有据的新词,"驼"与"绒"则不然。"驼"即"骆驼","绒"有"柔软细小的毛或纤维"义,二者组合即为"驼绒",构词理据充分。《红楼梦》抄本之间,无论是早期的或后期的,都存在着大量异文,"细究起来,除曹雪芹的改文和不知其身份的一些人的妄改外,有相当大部分不是真正的异文,而是过录时形成的错字、别字、假借字、简写字,甚至是古字"③。"酡""驼"音同形似为同音别字,"绖""绒"字形相似为别字,"己卯本""庚辰本"误将"驼绒"写为"酡绖""酡绒"④。"红校本"在"前言"中说:"本书在校勘过程中决定采用庚辰本为底本,以其他各种脂评本为主要校本,以程本及其他早期刻本为参考本。凡底本文字可通而主要参校本虽有异文但并不见长者,仍依底本;凡底本明显错误而主要参校本不误者,即依主

---

① "红校本",第 867 页。
② 冯其庸:《脂砚斋重评石头记汇校汇评》,第 13725 页。
③ 季稚跃:《脂砚斋重评石头记汇校汇评·后记》,北京图书馆出版社 2008 年版,第 18673 页。
④ 冯其庸:《脂砚斋重评石头记汇校汇评·凡例》,第 4 页:"凡抄于行间之涂改文字,将原点在字上之黑点移于字左,籍见改乙原貌。"据此,清晰可见"列藏本"最初写为"酡绒",后来才涂改"酡"为"驼"。

要参校本。"①事与愿违,该版本最终并未坚持"底本文字可通"的"庚辰本"之"酡绒",而是选择误录更甚的参校本"己卯本"之"酡绒"。

"酡绒"构词无理据,有学者只认定"酡"为色名②。其正确词形"驼绒",《大词典》(12·823)③、《现汉典》(1338)等只视其为物名。"酡绒"(即"酡绒""驼绒")一词理解的不同,致使芳官所穿的用"三色缎子斗的水田小夹袄"究竟是哪三色有不同看法:一是认为该"酡绒"是物名,指衣料;三色是"玉色""红""青"④。二是认为该"酡绒"不是物名是色名,三色是"玉色""红青""酡绒"。⑤若认定三色为"玉色""红""青",则行文怪异:"玉色"(颜色)+"红"(颜色)+"青"(颜色)+"酡绒"(衣料)+三色(总括颜色)+"缎子"(衣料)。已经明说衣料是"缎子"的,怎么可能又是"酡绒"?只能是"玉色""红青""酡绒"三色。首先,"玉色"(颜色)+"红青"(颜色)+"酡绒"(颜色)+三色(总括颜色)+"缎子"(衣料),行文不扞格。其次,"红青"也是一个由来已久的色名。清《论语后案》:"《释名》:'绀,含也,青而含赤色也。'按此谓今之天青,亦谓之红青。"⑥《扬

① "红校本"前言第6页。
② 参看范干良(1996:221);刘泽权、苗海燕(2010:21)。其所据《红楼梦》文本皆为人民文学出版社1982年版,就"酡绒"而言,除"绒"未单独释义外,其余内容此版均与人民文学出版社2008年版相同。可见界定"酡"或"酡绒"为颜色词不是因版本差异而有不同。
③ 其释义"驼绒"为:①从骆驼毛中选出来的绒毛,用来织衣料、毯子,或用来絮衣裳。例证之一即为《红楼梦》第六十三回中的"驼绒"。②骆驼绒。
④ 网上有文章持此说:何为"玉色红青酡绒三色缎子斗的水田小夹袄"?"玉色",即素白色,曹雪芹在《红楼梦》中直接描写白色衣饰的先例并不多,算来只有凤姐的"素白"银器,及宝玉祭金钏时穿的素净衣裳等,余者多用"玉色"二字来代替,如宝姐姐扑的蝴蝶,即是正宗的玉色。好,三色定了第一种,第二种——红,第三种——青;质料——酡绒;纹理——水田,即方格纹;样式——小夹袄。参见汉服生活圈《从87版红楼梦看传统礼仪》,http://www.weixinnu.com/tag_article/975472465.
⑤ 参看"红校本"第867页注释①;曹雪芹:《红楼梦》(校注本),北京师范大学出版社1987年版,第1026页注释[一〇];冯其庸、李希凡:《红楼梦大辞典》(增订本),第56页;周汝昌:《红楼梦辞典》,广东人民出版社1987年版,第616页;周定一:《红楼梦语言词典》,商务印书馆1995年版,第873页。
⑥ 黄式三:《论语后案》,凤凰出版社2008年版,第266页。

州画舫录》："青有红青，为青赤色，一曰鸦青。"①"鸦青"在宋时就较为常用，《岁时广记》有"元旦以鸦青纸或青绢剪四十九幡"②之说；明清时"鸦青"即为"红青"③，其色近"绀"，一种"黑中透红的颜色"④。再者，本为名物的"驼绒"，因物以名色，为中国传统色色名，在清代"驼绒"更是一种常用色，服色上也常使用。乾隆时关于上海棉纺织业及其历史的专著《木棉谱》，记载当时的染工有蓝坊、红坊、漂坊和杂色坊，"杂色坊染黄绿、黑紫、古铜、水墨、血牙、驼绒、虾青、佛面金等"⑤。清代染织专著《布经》记载有"驼灰"染色工艺配方："川棓四斤，青凡二斤，斛皮八斤，广灰。"⑥中国第一历史档案馆藏内务府全宗档案中记载乾隆十七年题名"奏为三处织造解到缎匹等事项""呈为江宁织造解到上用缎匹数目单""奏为三处织造解到缎匹数目单"，其中有"驼绒"宁绸、"驼绒色"⑦缎等。

"驼绒"，宋元时称"驼褐"。⑧ 宋诗中有"冷敌鹅黄酒，轻沾驼褐衣"句；元《(至正)四明续志》"织染周岁额办"中则有"驼褐三百六段"的记录。无论"驼绒""驼茸"还是"驼褐"，《大词典》《现汉典》等现代辞书均只收录它们的名物义。在现代人看来，本为名物的"驼绒"就应该专门表示名物，不必以物名色兼表颜色；"驼绒"之色可交由同色异名的"驼绒色""驼色"⑨等来表达。这种观

---

① 李斗著，王军评注：《扬州画舫录》(插图本)，中华书局2007年版，第18页。

② 陈元靓：《岁时广记》第五卷，中华书局1985年版，第61页。

③ 陈彦青：《观念之色：中国传统色彩研究》，北京大学出版社2015年版，第357页脚注1110。

④ 冯其庸、李希凡：《红楼梦大辞典》(增订本)，第56页。

⑤ 褚华：《木棉谱》，中华书局1985年版，第10页。

⑥ 转引自李斌：《清抄本〈布经〉中的植物染料及其染色工艺》，《丝绸史研究》，1991年第1期，第14页。

⑦ 中国第一历史档案馆藏内务府全宗档案，档案号05-0121-008、05-0121-009、05-0122-012。

⑧ 参见沈从文：《〈红楼梦〉衣物及当时种种》，《沈从文全集》第30卷，北岳文艺出版社2009年版，第276页；陈彦青：《观念之色：中国传统色彩研究》，北京大学出版社2015年版，第356页脚注1107。

⑨ 惯用色名"骆驼色"，其对应的系统色名及准系统色名为中黄偏红、中橙黄；别名"驼绒色""驼色"。从色相看，"驼绒""驼绒色"应该就是"驼色"。参见尹泳龙：《中国颜色名称》，地质出版社1997年版，第31、46、74页。

念,加上"驼绒"错讹为无理据的"酡绒",即便是在《红楼梦》这一具体言语环境中,要认清其为中国传统色色名的真面目也并非易事。

综上:"酡绒",一个因文字误录而讹以传讹的色名,对"语料库在线"之古代汉语语料库(http://www.cncorpus.org)、北京大学汉语语言学研究中心CCL 语料库之古代汉语语料库(http://ccl.pku.edu.cn:8080/ccl_corpus/)等代表性语料库进行检索,皆不见此词任何一般用例,更遑论作为颜色词。"红校本"之"酡绒",其正确词形应为"驼绒",也可作"驼茸""驼戎"等。"驼绒"本为物名,清代常用以表示色名,《扬州画舫录》记载有"深黄赤色曰驼茸"①;现在一般认为它是"橙红色"②或"微带赭色的淡红"③,属红色范畴。

第二节 "猩猩"考辨④

"猩猩",一种哺乳动物,"全身披着红褐色长毛,""别名红猩猩、赤猩猩、褐猿"⑤,因其毛色或血色,本为名物的"猩猩",《大词典》(5·86)认为它"亦借指鲜红色",具有颜色义,引《红楼梦》"猩猩毡"之"猩猩"为例;范干良⑥,刘泽权、苗海燕⑦等学者直接将"猩猩"纳入《红楼梦》红系颜色词族群。此论是否确当,颇值商榷。

"猩猩",《红楼梦》共 11 例:

(1)外有猩猩毡帘二百挂。(十七、八/223)

(2)老太太的一个新新的大红猩猩毡斗篷放在那里。(三十一/423)

---

① 李斗著,王军评注:《扬州画舫录》(插图本),第 18 页。

② 曹雪芹:《红楼梦》(校注本),第 1026 页注释[一〇];冯其庸、李希凡:《红楼梦大辞典》(增订本),第 56 页。

③ 周汝昌:《红楼梦辞典》,第 616 页;周定一:《红楼梦语言词典》,第 873 页;"红校本",第867 页。

④ 本节内容曾以论文形式发表,详见曹莉亚(2017a)。收入本书时文字略有改动。

⑤ 李海霞:《汉语动物命名考释》,巴蜀书社 2005 年版,第 18—19 页。

⑥ 范干良:《曹雪芹笔下的颜色词》,第 221 页。

⑦ 刘泽权、苗海燕:《基于语料库的〈红楼梦〉"尚红"语义分析》,第 21 页。

（3）正说着，只见他屋里的小丫头子送了猩猩毡斗篷来。（四十九/660）

（4）只见众姊妹都在那边，都是一色大红猩猩毡与羽毛缎斗篷。（四十九/661）

（5）（湘云）头上带着一顶挖云鹅黄片金里大红猩猩毡昭君套。（四十九/661）

（6）刚至沁芳亭，见探春正从秋爽斋来，围着大红猩猩毡斗篷。（四十九/663）

（7）平儿走去拿了出来，一件是半旧大红猩猩毡的，一件是大红羽纱的。（五十一/692）

（8）平儿笑道："你拿这猩猩毡的。"（五十一/692）

（9）昨儿那么大雪，人人都是有的，不是猩猩毡，就是羽缎羽纱的。（五十一/692）

（10）大红猩猩毡盘金彩绣石青妆缎沿边的排穗褂子。（五十二/710）

（11）抬头忽见船头上微微的雪影里面一个人，光着头，赤着脚，身上披着一领大红猩猩毡的斗篷，向贾政倒身下拜。（一二〇/1591）

上述 11 例"猩猩"，无一例外都与"毡"组合成"猩猩毡"，这是一种御寒用的毛织品，明末已流行。刘侗、于奕正《帝京景物略》卷四《城隍庙市》中记载有"猩猩毡①"，与毼鸴、哔叽缎、南京毡等并列②。例（4）（7）（9），"猩猩毡"分别与"羽毛缎""羽纱""羽纱羽缎"相对而言："羽""羽毛"无疑是用以说明"纱"或"缎"的材质；同样，"猩猩"是用以说明"毡"的材质③。"毡"，《大词典》（6·1017）释义为"羊毛或其他动物毛经湿、热、压力等作用，缩制而成的块片状材料"；"猩猩毡"就是指用猩猩毛制作而成的物料④。可见，"猩猩毡"之

① 刘侗、于奕正：《帝京景物略》，紫禁城出版社 2013 年版，第 137 页。

② 此语料承浙江大学汉语史中心 2012 级博士生吴玉芝检视，特致谢忱。

③ "羽毛缎"可归为"羽毛类"，"猩猩毡"归为"毡类"。参见佚名：《常税则例》卷一，《续修四库全书·八三四·史部·政书类》，上海古籍出版社 1996 年版，第 417、423 页。

④ 猩猩毛还可制笔，宋朝大诗人陆游言其八十岁的时候，获得一支朋友馈赠的猩猩毛笔。猩猩皮毛还可做毛毯，直到明朝和清朝，朝廷还不时向人赐赠猩猩毯。参见黄金贵：《解物释名》，上海辞书出版社 2008 年版，第 91 页。

"猩猩"当指"猩猩毛",为名物而非颜色。

误认名物"猩猩"为颜色,或因"西国胡人取其血染毛,色鲜不黯"的传说,或因《红楼梦》"猩猩毡"均为大红色感染而致。① 明徐应秋《玉芝堂谈荟》卷三十四所记"猩猩血染绯"甚详:"彼土人丁丽进曰:'巢巢见人喜笑,则上唇掩其目,人以钉钉着额上,任其奔驰,候死而取之,发极长可为头发,血堪染绯,其毛一似猕猴,而红赤色。'……《华阳国志》'永昌郡有猩猩,其血可染朱罽……'"②但即使此说为真,也只能说"猩猩毡"是用猩猩血染成,"猩猩"指猩猩血。更何况,清揆叙《隙光亭杂识》卷一曰:"猩猩毡,或谓以猩猩血染成得名,非也。余询西洋人,云彼中有一种红果,味甘,可食用,其汁染罽,作大红色,虽水渍泥污,永久不渝。"③《汉语理据词典》释"猩猩草"为"一种一年生草本植物",构词理据有二:"其花鲜红色,如同猩猩血。又:其花赤褐色,犹如猩猩的毛色。猩猩:猩猩毛。"④同理,"猩猩毡"这种御寒用毛织品,也可归纳出两种构词理据:其色鲜红者,传为猩猩血染成。猩猩:猩猩血。又:其色鲜红者,为猩猩毛制成。猩猩:猩猩毛。无论哪种理据,都只能认定"猩猩毡"之"猩猩"为名物,或为猩猩血,或为猩猩毛。虽说"猩猩血""猩猩毛"均为红色⑤,但从文献资料看"猩猩毡"却至少有红有绿:清王士祯《居易录》卷十六描绘遵义府之朱虎"其毛殷红如猩猩毡色"⑥;《皇朝通典》卷六十记载赏赐南掌国国王"倭段、蟒

① 陈彦青:《观念之色:中国传统色彩研究》,第 387 页脚注 1231。

② 陈彦青:《观念之色:中国传统色彩研究》,第 386 页脚注 1229。

③ 揆叙:《隙光亭杂识》卷一,《续修四库全书·一一四六·子部·杂家类》,上海古籍出版社 1996 年版,第 24 页。此语料承浙江大学汉语史中心 2014 级博士生王文香检示,特致谢忧。

④ 王艾录:《汉语理据词典》,电子科技大学出版社 2014 年版,第 290 页。

⑤ 百度百科(http://baike.baidu.com/item/%E7%8C%A9%E7%8C%A9/186342?sefr=enterbtn)认为:中文学名的"猩猩",别称"红猩猩"。除"红猩猩"外,非洲的大猩猩,黑猩猩等也被人们称为猩猩,但这称呼是不准确的。为何"黑猩猩"被称为"猩猩"不准确,百度百科没有细说。但可以肯定的是:本书论及的"猩猩",就是平常说的亚洲的红毛猩猩,并非非洲的黑猩猩。说"猩猩"毛是红色的准确性不必受黑猩猩毛色的质疑。

⑥ 王士祯:《居易录》,浙江网络图书馆 2017 年版,第 95—96 页。

段、锦段、大段、红绿猩猩毡片"①。《红楼梦》作者很清楚"猩猩毡"只是一种毛毡专名,其色如同上文的"南京毡"一样并未涵盖其名中,为凸显其所用"猩猩毡"无一例外均为红色,11 例中有 7 例"猩猩毡"前用颜色词"大红"直接修饰;从上下文还可见例(8)(9)的"猩猩毡"也有"大红"修饰,只不过蒙前文或承后文省略;例(1)(3)《红楼梦》原文本"猩猩毡"前并未用颜色词"大红"直接修饰,但其英译本往往根据文意在用以对译"猩猩毡"的 felt 一词前增加表红颜色的 scarlet 或 crimson。② "大红猩猩毡",具体说来就是大红色猩猩毛毡,"大红""猩猩"分别从颜色、材质描写"毡",各有侧重,并非皆指颜色。若因"猩猩"指"猩猩血"或"猩猩毛",并由此"借指鲜红色",语句中总让"大红"相伴而行就完全多此一举。

《红楼梦》还有 2 例"猩毡":

(12)那丫头便将着大红猩毡斗笠一抖,才往宝玉头上一合。(八/125)

(13)一语未了,只见宝琴背后转出一个披大红猩毡的人来。(五十/681)

这 2 例"猩毡"之"猩"与第一回贾雨村所穿"猩袍"之"猩"不同:"猩袍"与"乌纱"相对,"猩"指"鲜红色",为颜色词;"猩毡"之"猩"则不然。"猩猩毡",也作"猩毡"③;"猩","猩猩"的省称,"猩毡","猩猩毡"的省称,"猩毡"其实就是

① 稽璜等:《皇朝通典》,浙江书局光绪八年版,第 59 页。

② 利用绍兴文理学院《红楼梦》汉英平行语料库（http://corpus. usx. edu. cn/hongloumeng/index. asp）,对其所选用的英国汉学家霍克斯和闵福德（Hawkes & Minford 1973—1986）一百二十回全译本（简称霍译）、我国杨宪益和戴乃迭（1978—1980）120 回全译本（简称杨译）中"猩猩"一词的英译进行穷尽性搜索与比较,发现霍译、杨译主要有两种情形:其一,7 例"大红猩猩毡",霍、杨翻译时都只用两个单词对译,一个表颜色,一个表名物,表名物者主要选用义为"毛毡"的 felt 一词。其二,4 例"猩猩毡",翻译时有两种情况:一是承前文或蒙后文省略"大红"的例(8)(9),霍、杨沿用"大红猩猩毡"翻译法,整体视"猩猩毡"为名物词,都用义为"毛毡"的 felt 来翻译。二是并未承前文或蒙后文省略"大红"的例(1)(3),霍、杨在翻译"猩猩毡"时不约而同都在 felt 一词前增加了表颜色的 scarlet 或 crimson。

③ 周定一:《红楼梦语言词典》,商务印书馆 1995 年版,第 967 页。

"猩猩毡",《红楼梦》各早期抄本中二者常换用。例(3)—(6),甲辰本均将"猩猩毡"删减为"猩毡";例(13),庚辰本、戚序本、戚宁本用作"猩毡",列藏本、甲辰本、程甲本用作"猩猩毡"①。"猩毡"之"猩"也表材质不表颜色,故"猩毡"前均有颜色词"大红"直接修饰。

《红楼梦》中还有3例"猩红毡":

(14)小丫头打起猩红毡帘。(六/96)

(15)早有几个人打起猩红毡帘,已觉温香拂脸。(五十/680)

(16)正面炕上铺新猩红毡。(五十三/725)

这3例"猩红毡"之"猩红"才是颜色词。至于"猩红"之"猩",仍然只能是名物。《大词典》(5·85)《现汉典》(1464)分别释"猩红"为"指像猩猩血那样鲜红的颜色""像猩猩血那样的红色;血红"。如此,"猩"指"猩猩血"。但是,"猩猩血比起鸡血、猪血来,不易见到的程度何止千倍,难以为喻",以"猩"喻红,本来自于猩猩毛色,"猩"指"猩猩毛","猩红"指像猩猩毛那样鲜红的颜色,"因中原人基本上见不到猩猩,不知道它的毛色"②,故而以血色来喻其红,加之"猩猩血染绯"之说广为流传,遂至约定俗成。

综上,明朝末年已经流行的"猩猩毡",《红楼梦》中常作门帘、斗篷等御寒之物。作为器物,无论是"猩猩毡""猩毡"还是"猩红毡",《红楼梦》所用无一例外均为红色,但不能以偏概全,以器物色彩取代器物本身,直接认定"猩猩毡"之"猩猩"、"猩毡""猩红"之"猩"为鲜红色。《大词典》(5·86)以《红楼梦》第四十九回"正说着,只见他屋里的小丫头子送了猩猩毡斗篷来",例证"猩猩""指猩猩血""亦借指鲜红色"是错误的。"猩猩毡"之"猩猩",应指"猩猩毛",为名物而非颜色,应该将"猩猩"从《红楼梦》颜色词族群中剔除。

---

① 冯其庸:《脂砚斋重评石头记汇校汇评》,第 10404—10405、10409、10412—10413、10446、10699 页。

② 李海霞:《汉语动物命名考释》,第 18 页。

第三节 "藕合""藕合色"考辨①

"藕合""藕合色",目前所见最早用例文献为《金瓶梅》《红楼梦》《儒林外史》《扬州画舫录》等明清小说、文人笔记②,其所属究竟为紫色范畴、绿色范畴还是红色范畴,学界意见不一;其释义歧见纷呈,莫衷一是,甚至将其等混同于"藕色""藕褐""藕褐色"。今立足《红楼梦》具体言语环境,并梳理相关文献资料,试求确解。

"藕合""藕合色",《红楼梦》分别有 1 例和 2 例:

(1)林黛玉虽然哭着,却一眼看见了,见他穿着簇新藕合纱衫,竟去拭泪。(三十/407)

(2)一面早有熙凤命人送了一顶藕合色花帐,并几件锦被缎褥之类。(三/51)

(3)只见他(鸳鸯)穿着半新的藕合色的绫袄。(四十六/615)

"藕合"即"藕合色"。③ 探求《红楼梦》"藕合""藕合色"含义,直接可靠的途径是遵循清代李斗《扬州画舫录》"深紫绿色曰藕合"④的记载。首先,《扬州画舫录》和《红楼梦》几乎是同时代的作品,它"书成于乾隆六十年(1795)"⑤,仅比乾隆二

---

① 本节内容曾以论文形式发表,详见曹莉亚(2017b)。收入本书时文字略有改动。

② 检索 BCC(北语汉语语料库)(http://bcc.blcu.edu.cn/)发现《金瓶梅》七十七回中有 1 例"藕合":"又用纤手掀起西门庆藕合段褂子,看见他白绫裤子。"参见兰陵笑笑生著,卜键重校评批:《金瓶梅》,作家出版社 2010 年版,第 1838 页。但谈及"藕合"时,极少发现引用明代《金瓶梅》中的这个例子。《大词典》(9・599)释"藕合"之用例也是来自清代《红楼梦》《儒林外史》等。

③ 曹雪芹:《红楼梦》(校注本),第 492 页,注释[四]"簇新藕合纱衫"释义为"非常新的藕合色纱衫";沈从文:《〈红楼梦〉衣物及当时种种》,北岳文艺出版社 2009 年版,第 265 页,"藕合"释义为"藕合色";冯其庸:《脂砚斋重评石头记汇校汇评》,第 09668 页,《红楼梦》四十六回中鸳鸯所穿绫袄,"庚辰本"为"藕合","戚序本""戚宁本"为"藕合色"。

④ 李斗著,王军评注:《扬州画舫录》(插图本),第 19 页。

⑤ 李斗著,王军评注:《扬州画舫录・编选说明》(插图本),第 3 页。

十五年(1760)的《红楼梦》早期抄本"庚辰本"(指底本的年代)晚三十五年左右,极有可能二者所记录使用的"藕合"从词形到词义完全一致。其次,《扬州画舫录》的纪实性特点,使其所记载的内容具有相当程度上的可信性。作者秉持史家"实录"的基本原则,既"考索于志乘碑版,咨询于故老通人,采访于舟人市贾"①,又注重"以目之所见,耳之所闻"②;其所描摹的,"是当时扬州社会生活的百科全书,乾隆盛世社会缩影的一个精彩侧面"③,是一份珍贵的历史文献,"今天从事清代中叶中国社会、学术、文化等研究,无不可从《画舫录》中查找到各自所需的文献资料"④。释义《红楼梦》"藕合",郭若愚⑤、北京师范大学"校注本"《红楼梦》⑥、崔荣荣⑦、沈从文⑧等正是从《扬州画舫录》中寻找到目前所见最早且最明确的文献记载,并完全遵从其说。周定一认为"藕合色"为"淡紫绿色"⑨;李应强认为"藕合色"为"灰紫色带点蓝绿"⑩,"藕合"归入"紫色系"⑪。将"藕合""藕合色"归为紫色系的还有黄仁达⑫、中国科学院心理研究所⑬等。包铭

① 李斗著,周光培点校:《扬州画舫录·阮元序》,江苏广陵古籍刻印社1984年版,第6页。
② 李斗著,周光培点校:《扬州画舫录·自序》,第5页。
③ 李斗著,陈文和点校:《扬州画舫录·前言》,广陵书社2010年版,第1页。
④ 许建中:《地当盛世应增价 天付奇才为写生——李斗〈扬州画舫录〉的内容特点和艺术特色》,《扬州大学学报》,2013年第2期,第102页。
⑤ 郭若愚:《〈红楼梦〉中人物的服饰研究(下)》,《红楼梦研究集刊》第11辑,上海古籍出版社1983年版,第322页。
⑥ 曹雪芹:《红楼梦》(校注本),第492页,注释[四]。
⑦ 崔荣荣:《〈红楼梦〉服饰色彩仿生的文化解读》,《装饰》,2004年第1期,第61页。
⑧ 沈从文:《〈红楼梦〉衣物及当时种种》,第265页。
⑨ 周定一:《红楼梦语言词典》,第619页。
⑩ 李应强:《红楼梦的色彩艺术(下)——曹雪芹的服装配色法》,《文艺复兴月刊》,1983年第148期,第47页。
⑪ 李应强:《中国服装色彩史论》,南天书局有限公司1997年版,第100、102页。
⑫ 黄仁达:《中国颜色》,东方出版社2013年版,第181页。
⑬ 中国科学院心理研究所等:《中国传统色色名及色度特性GB/T 31430—2015》,中国标准出版社2015年版,第6页。

新、蒋智威①将"藕合"归为绿色系。周汝昌②,李行健③,冯其庸、李希凡④等释义为"淡紫而微红的颜色""形容浅紫而微红的颜色""浅紫而微红"。刘泽权、苗海燕⑤,杨柳川⑥等将"藕合"归入红色系。

　　论者对于"藕合""藕合色"从词义到所属颜色范畴均有较大分歧。究其因,首先源于"藕合""藕合色"为混色而非原色。两种甚至多种颜色的混合使其范畴归属见仁见智:认定其色"深/淡紫绿色"或"灰紫色带点蓝绿",倾向于纳入紫色范畴,或绿色范畴;认定其色"浅紫而微红",倾向于纳入红色范畴。其次,"藕合""藕合色"具有时代性⑦。随着时代变化、社会发展,今人立足于构词理据对"藕合""藕合色"词形与词义做出了不完全等同于古人的选择与理解,在具体探求《红楼梦》或其他作品中"藕合""藕合色"含义时,往往以今律古或以古限今,忽略其历时性特征。就词形而言,"藕合"亦作"藕荷","藕合色"亦作"藕荷色"。例(2)王熙凤命人所送花帐,早期抄本"庚辰本""己卯本""甲戌本""列藏本""杨藏本""舒序本""程甲本"为"藕合色";"甲辰本""卜藏本"为"藕荷色"⑧。此"藕合色""藕荷色",在《红楼梦》各早期抄本中是并存并用的同音同义仅书写形式略有不同的一组全等异形词。时至今日,"藕合"(亦即"藕荷")与"藕合色"(亦即"藕荷色")这组等义颜色词,进入《现汉词》等现代辞书的只有"藕合"(亦即"藕荷");且《现代汉语异形词规范词典》认为"藕荷""藕合"这组全等异形词"宜以'藕荷'为推荐词形",理由是"藕荷"构词有理据:

---

① 包铭新、蒋智威:《中国传统服饰色名的意象》,《中国纺织大学学报》,1992 年第 6 期,第 14 页。

② 周汝昌:《红楼梦辞典》,第 429 页。

③ 李行健:《现代汉语异形词规范词典》,上海辞书出版社 2002 年版,第 424 页。

④ 冯其庸、李希凡:《红楼梦大辞典》(增订本),第 53 页。

⑤ 刘泽权、苗海燕:《基于语料库的〈红楼梦〉"尚红"语义分析》,第 21 页。

⑥ 杨柳川:《满纸"红"言译如何:霍克思〈红楼梦〉"红"系颜色词的翻译策略》,《红楼梦学刊》,2014 年第 5 期,第 200 页。

⑦ 沈从文先生早已注意到"藕合"词义的时代性,但并未引起学界的重视。参见《〈红楼梦〉衣物及当时种种》第 265、272 页:"藕合——藕合色,清初指深紫绿色,见《扬州画舫录》。但近代说却指雪青莲紫色。"笔者按:"藕合",近代即是"雪青""莲紫色",此说有待进一步考证。

⑧ 冯其庸:《脂砚斋重评石头记汇校汇评》,第 642 页。

"'荷'即'莲',其根为'藕',其花为莲花或荷花。'藕荷'表示的颜色正是荷花的色泽。"①"荷花微红,藕浅紫红,以物状色。"②《红楼梦》时代的"深紫绿色曰藕合",到现代演变为"'藕合'同'藕荷'","浅紫而微红的颜色③。时代变迁赋予"藕合"(亦即"藕荷")以新的内涵,且渐呈约定俗成之势。

但我们仍然认为,《扬州画舫录》"深紫绿色"的释义合乎词义理据。"藕合""藕合色""藕荷色"在《红楼梦》各早期抄本中并用,但以"藕合""藕合色"为主,"藕荷色"仅"甲辰本""卞藏本"各使用过一次。如果说,"藕合"与"藕荷"虽然语音相同,但词形上"藕荷"看上去比"藕合"更具理据感,应该选择以"藕荷"作为词形主条;然而,在没有找出《扬州画舫录》对其释义有错的情况下,尚不能放弃"藕合"(亦即"藕荷")原有的"深紫绿色"解释转而释义为"浅紫而微红的颜色"。"荷"也可指绿色的"荷叶"④,"藕荷"的构词理据也可以是:"荷"即"莲",其根为"藕",其叶为"莲叶"或"荷叶"。"藕"紫红色,"荷叶"绿色,"藕荷"以物状色。突破构词理据理解单一的局限性,同时"按照语言的时代性和社会性去认识了解词义,才能真正把握词义,准确地解释词义"⑤。

"藕合""藕合色"在使用过程中,常混同于"藕色""藕褐""藕褐色"。《红楼梦》早期抄本"藕合""藕合色"与"藕色"形成异文:例(1)宝玉所穿纱衫,"庚辰本""蒙府本""戚序本""戚宁本""杨藏本""舒序本""甲辰本""程甲本"为"藕合";"列藏本"为"藕色"⑥。例(2)王熙凤命人所送花帐,"庚辰本""己卯本""甲戌本""列藏本""杨藏本""舒序本""程甲本"为"藕合色";"戚序本""戚宁本"为"藕色"⑦。例(3)鸳鸯所穿绫袄,"庚辰本"为"藕合";"列藏本""甲辰本""程甲

① 李行健:《现代汉语异形词规范词典》,第 424 页。

② 王艾录:《汉语理据词典》,第 198 页。

③ 中国社会科学院语言研究所词典编辑室:《现汉典》,第 969 页。

④ 李格非:《汉语大字典》(简编本),湖北辞书出版社、四川辞书出版社 1996 年版,第 1465 页。另:中国惯用色名中有一种"荷叶绿"。参见尹泳龙:《中国颜色名称》,第 84 页。

⑤ 李行健:《词义的时代性同词书的编纂和古书的阅读》,《昆明师院学报》,1984 年第 2 期,第 69 页。

⑥ 冯其庸:《脂砚斋重评石头记汇校汇评》,第 6304 页。

⑦ 冯其庸:《脂砚斋重评石头记汇校汇评》,第 642 页。

本"为"藕色"①。郭若愚②和于波③谈及宝玉所穿"藕合纱衫"、鸳鸯所穿"藕合色的绫袄",都联想到马王堆西汉墓出土的"藕色纱",于波直接将此"藕色纱"误作"藕合纱";沈从文④、鸿洋⑤认为"藕色"即"藕合色"、"藕合色"也叫"藕色"。从命名方式看,"藕合色""藕合"与"藕色"有相同处:都是以物名色,都与"藕"这个物之色相关联;但"藕合色"(亦即"藕荷色")、"藕合"(亦即"藕荷")不同于"藕色"仅包含"藕"之色的相关信息,它们是"藕"之色与"荷叶"之色或"荷花"之色的复合,"藕合色""藕合"与"藕色"是两种不同的颜色。"藕色",又称"藕褐色"⑥,属褐色系,其色调极易让人联想到人们常食用的藕的自然色"黄褐色"。

综上,《红楼梦》"藕合""藕合色",也作"藕荷色",是一种"深紫绿色",属绿色范畴颜色词;演变发展到现代,"藕荷""藕荷色"为推荐词形,约定俗成指"浅紫而微红的颜色"。

第四节 "松花""松花色""松花绿""松绿"考辨

《红楼梦》所用"松花""松花色""松花绿""松绿"分别为 4 例、3 例、2 例和 1 例:

(1)下面半露松花撒花绫裤腿,锦边弹墨袜,厚底大红鞋。(三/48)

(2)宝玉听说,喜不自禁,连忙接了,将自己一条松花汗巾解了下来,递与琪官。(二十八/386)

---

① 冯其庸:《脂砚斋重评石头记汇校汇评》,第 9668 页。

② 郭若愚:《〈红楼梦〉红楼梦》与文物考古——什物工艺编》,《红楼梦研究集刊》第 2 辑,上海古籍出版社 1980 年版,第 385 页。

③ 于波:《〈红楼梦〉中织物考辨》,《红楼梦学刊》,2005 年第 2 期,第 329 页。

④ 沈从文:《〈红楼梦〉衣物及当时种种》,第 273 页。

⑤ 鸿洋:《中国传统色彩图鉴》,东方出版社 2010 年版,第 103 页。

⑥ 赵志军、刘剑虹、徐菲、杨晓华:《中国传统服饰染色技艺之褐色系复原研究》,《丝绸》,2015 年第 3 期,第 34 页。

（3）莺儿道："松花配桃红。"（三十五/470）

（4）宝玉满口里说"好热"，一壁走，一壁便摘冠解带，将外面的大衣服都脱下来麝月拿着，只穿着一件松花绫子夹袄，袄内露出血点般大红裤子来。（七十八/1096）

（5）宝玉道："松花色配什么？"（三十五/470）

（6）秋纹将麝月拉了一把，笑道："这裤子配着松花色袄儿、石青靴子，越显出这靛青的头，雪白的脸来了。"（七十八/1096）

（7）一件松花色绫子一斗珠儿的小皮袄。（九十/125）

（8）上面系一条松花绿半新的汗巾。（九十一/1261）

（9）此时蒋玉菡念着宝玉待他的旧情，倒觉满心惶愧，更加周旋，又故意将宝玉所换那条松花绿的汗巾拿出来。（一二〇/1597）

（10）那个软烟罗只有四样颜色：一样雨过天晴，一样秋香色，一样松绿的，一样就是银红的。（四十/533）

将"松花""松花色"与"松花绿""松绿"放在一起加以考辨，是因为它们在《红楼梦》不同版本中呈现出一种复杂的相互影响乃至讹变的关系，导致难以准确理解其词义、颜色范畴及构词理据。

首先，"松花""松花色"在《红楼梦》中讹变出了一个异文"松花绿"，讹变原因有可能是因为受"松绿"的影响。"松花"，由名物而为颜色，大约从隋唐五代时开始就指"松花般的黄色"。唐代李白《酬殷明佐见赠五云裘歌》"轻如松花落金粉"①中有"松花"一词，《大词典》（4·870）释义为"松树的花"。春天，松树花开时，摘下其黄色雄球花，晒干，收集一种兼具药用和食用价值的淡黄色细粉，即松花粉，别名"松花""松黄"。② 唐代《新修本草》云："松花，名松黄，拂取似蒲黄，正尔酒服轻身，疗病云胜皮、叶及脂。"③文献记载表明，无论是"松树的花"还是"松树花的粉"，都是黄色，因物名色而为"松花"色。唐代《资暇集》所

---

① 彭定求：《全唐诗·第5册》，中华书局2008年版，第1728页。
② 李经纬：《中医大辞典》，人民卫生出版社1995年版，第883页。
③ 苏敬等撰；尚志钧辑校：《唐·新修本草》（辑复本），安徽科学技术出版社1981年版，第302页。

记"松花笺"①即为此色:"松花笺,代以为薛陶笺,误也。松花笺其来旧矣。元和初,薛陶尚斯色,而好制小诗,惜其幅大,不欲长(剩长之长),乃命匠人狭小之。蜀中才子既以为便,后减诸笺亦如是,特名曰'薛陶笺'。今蜀纸有小样者,皆是也,非独松花一色。"②自此,"松花"或"松花色"作为常用色色名而存在,也有称其为"松花黄"③或"松黄"④的。"松花绿",《红楼梦》十三种早期抄本中有八种使用过:己卯、蒙府、戚序、戚宁、列藏、杨藏、卜藏七种在前八十回中使用过,程甲本在后四十回中使用过。这些抄本将"松花""松花色"讹为"松花绿",很可能是受第四十回贾母所说软烟罗四样颜色中"松绿"的影响。没错,"松绿"是像松针、松叶那样的绿色,但"松花""松花色"是"松花黄""松黄",是指"松花般的黄色",不能混同于"松绿",更不能讹为"松花绿"。遗憾的是,就是这个讹用的根本不合客观事理的"松花绿",由于《红楼梦》广泛流传的强大影响力,它已经逐渐得到社会的认可,成为一个约定俗成的颜色词。自此,难见于清代以前文献⑤的"松花绿",已常见于《红楼梦》后的《儿女英雄传》《玉卿嫂》等作品中。

其次,今人解读《红楼梦》"松花""松花色"时,受其讹变的"松花绿"影响,费尽心力要将"松花""松花色"等同于"松花绿",导致从词义到所属颜色范畴甚至构词理据,讹误重重:周汝昌释"松花"为"偏黑的深绿色","松花绿"同"松花"⑥。鸿洋认为"'松花色'也叫'松花绿''松绿色'。是偏黑的深绿色,

---

① 一种淡黄色纸笺。造"松花笺"法:"槐花半升,炒焦赤,冷水三碗煎汁。用云母粉一两,矾五钱,研细,先入盆内。将黄汁煎起,用绢滤过,方入盆中搅匀拖纸,以淡为佳。"参见文震亨、屠隆:《长物志 考槃余事》,浙江人民美术出版社 2012 年版,第 160 页。

② 李匡乂:《资暇集》,中华书局 1985 年版,第 22 页。

③ 惯用色名"松花黄",别名"松花色"。根据国际公认孟塞尔颜色系统,其对应的系统色名及准系统色名为"中黄;中黄"。参见尹泳龙:《中国颜色名称》,第 76 页。

④ 李应强:《红楼梦的色彩艺术(上)——曹雪芹的服装配色法》,《文艺复兴月刊》,1983 年第 147 期,第 46 页。

⑤ 《大词典》(4·870)释义该词时所引首见例证即源自《红楼梦》第九十一回。

⑥ 周汝昌:《红楼梦辞典》,第 567 页。

属于一种墨绿色"①。季学源释"松花""颜色深绿有如松花"。② 焦俊梅③、刘名扬④等不再认为"松花""松花色"是"指松花般的黄色",而是如同"松花绿"那样的"浅黄绿色",即"嫩绿色"。冯其庸、李希凡释"松花"为"浅黄绿色"。⑤ 尹泳龙认为"松花色"构词理据是"像松花蛋(又称皮蛋、变蛋)那样的颜色"⑥。这样的解读,是拘泥于《红楼梦》这一共时层面,甚至固守其讹误,全然不顾"松花""松花色"的得名之由、历时状况。

有鉴于此,我们应该回归"松花""松花色"是黄色的常识,遵从《大词典》(4·870)"指松花般的黄色""如松花般的黄色"的释义,将其纳入《红楼梦》黄系颜色词族群中。至于"松花绿",只能将错就错,将之与"松绿"一并纳入《红楼梦》绿系颜色词族群中,亦遵从《大词典》(4·870),分别释义为"嫩绿色""像松叶那样的青绿色"。《大词典》所释"松花""松花色""松花绿""松绿",不仅首见例证均来自《红楼梦》,而且能严格区分"松花""松花色"与"松花绿"的颜色词范畴,值得信赖。

---

① 鸿洋:《中国传统色彩图鉴》,第 79 页。
② 季学源:《红楼梦服饰鉴赏》,浙江大学出版社 2010 年版,第 6 页。
③ 焦俊梅、冯森、孙欣湘:《红楼梦图谱》,湖南美术出版社 2010 年版,第 113 页。
④ 刘名扬:《〈红楼梦〉藻饰性色彩词语的俄译处理》,《红楼梦学刊》,2010 年第 6 期,第 314 页。
⑤ 冯其庸、李希凡:《红楼梦大辞典》(增订本),第 48、51、57 页。
⑥ 尹泳龙:《中国颜色名称》,第 43 页。

第四章 《红楼梦》早期抄本颜色词异文研究①

《红楼梦》最初只是一部八十回的未完稿，以传抄过录的方式流传于世。沿传既久，各个抄本之间繁简歧出，前后错见，衍夺妄改，讹误相因，不可避免地存在着大量异文，其中颜色词异文也不少。本章以《脂砚斋重评石头记汇校汇评》所辑录的现存十三种脂砚斋评本系统的早期抄本②为语料，穷尽性地查找出其中的颜色词异文，试从语言学、校勘学、版本学等层面进行细致周密考察，以期促进《红楼梦》颜色词研究的丰富与深入。

第一节 《红楼梦》早期抄本颜色词异文产生的原因及类型

逐一排比考察十三种《红楼梦》早期抄本，发现八十回中有颜色词异文的共 66 回③，占比高达 82.5％；排除大段或整回残缺所致颜色词有无之异文，文字增出、删去、漏抄、改动、讹误等原因形成的颜色词异文共 178 例。这些因用

---

① 本章内容曾以论文形式发表，详见曹莉亚(2019)(2022)；收入时作了较大幅度的修改。
② 林冠夫(2006:3)认为："凡乾隆间书写传抄者，称早期钞本，今存十馀种，乾隆辛亥之后出现的大量镌板刻印本，凡百几十种，称为后期梓印本。"十三种早期抄本的具体情况详见冯其庸：《脂砚斋重评石头记汇校汇评·凡例》，第 1—2 页。
③ 第二、十二、十六、二十一、四十七、五十一、五十四、五十五、六十四、六十七、六十八、六十九、七十五、七十七等 14 回没有发现因用字差异引起的颜色词异文。

字差异引起的颜色词异文①,主要关涉字形、字音、字义等方面。

一、因形而致的异文

(一)形近而误

有些汉字的字形非常相近、相似,稍不留神,便极易在传抄中发生讹误。
例如:

(1)红与约

自己便讪讪的 红 了臉②   (庚辰/己卯/戚序/戚宁/列藏/杨藏/舒序/
甲辰/程甲)

     〈约〉③   (蒙府)(第三十六回卷十二第○七五三七
页④)

(2)着色与青色

大 着 色二十支小 着 色二十支   (庚辰/蒙府/戚序/戚宁/甲辰/程甲)

 〈青〉   〈青〉   (列藏)(第四十二回卷十五第○八
八八七页)

---

① 众多界定中,本文选定陆宗达、王宁(1994:86)所界定的异文:"指同一文献的不同版本
中用字的差异,或原文与引文用字的差异。"即本书所称颜色词异文是指《红楼梦》十三
种早期抄本中颜色词用字的差异。

② 文中例句无特殊说明均出自底本庚辰本(六十四、六十七两回换用己卯本文字),《脂砚
斋重评石头记汇校汇评》用其一九七五年影印本剪贴以存原貌,本书在抄录时也尽可
能保持其原貌;原始语料若为繁体字,举例时仍用繁体字,论述时则用简体字。本书重
点研究颜色词异文,相同颜色词及其他异文不在此研究之列,在不影响研究的前提下,
不仅其他版本相同的文字不再重出,而且其他异文在例句中也不重出,尽可能只列出
颜色词异文,以求十三种《红楼梦》早期抄本颜色词异文一目了然。

③ 据冯其庸《脂砚斋重评石头记汇校汇评·凡例》:一般情况下,各本比底本增出的字,放
在方括号[]内;各本较底本删去或漏抄的文句,在与底本对应的位置上用圆括号()标
出;各本较底本改动的文字,即将所改文字放入尖括号〈〉内。本书遵其所述,个别地方
略有改动。

④ 回数和页码为冯其庸《脂砚斋重评石头记汇校汇评》原有标注,卷数为本文增加。无特
殊说明以下均同。

（3）葱绿与葱丝、葱缘

露着葱绿抹胸　（庚辰/己卯/蒙府/戚序/戚宁/杨藏/甲辰）

　　　　＜丝＞　　（列藏）

　　　　＜缘＞　　（程甲）（第六十五回卷二十三第一四四三四页）

　　上述诸例，都是有抄本在传抄中因误用形近字而致异文，使原本为颜色词的不再是颜色词，或原本不是颜色词的却变成颜色词，甚至为错讹词。例（1），颜色词"红"，蒙府本为"约"，"红了脸"讹为"约了脸"。例（2），列藏本改"着"为"青"，非颜色词"着色"变成颜色词"青色"，"着色"之笔讹为"青色"之笔。例（3），列藏本、程甲本分别改"绿"为"丝""缘"，颜色词"葱绿"变成非颜色词"葱丝"，甚至讹为"葱缘"。

　　（二）字近而误

　　"字近而误不指字形相似而误，而指字在文句中距离不远互相发生影响而产生的讹误。"[1]例如：

（4）丹（墀）与坍（墀）

众小厮都在丹墀侍立　（庚辰/己卯/甲戌/蒙府/戚序/戚宁/杨藏/舒序/甲辰/程甲）

　　　　坍　　（列藏）（第七回卷三第〇一五三五页）

（5）青（芷）与菁（芷）

绿的定是青芷　（庚辰/己卯/蒙府/戚序/戚宁/列藏/舒序/甲辰/程甲）

　　　　菁　（杨藏）（第十七至十八回卷六第〇三二九八页）

（6）茜（纱）与洒（纱）

桂魄流光浸茜纱　（庚辰/蒙府/戚序/戚宁/列藏/舒序[2]/甲辰/程甲/郑藏）

　　　　＜洒＞　（杨藏）（第二十三回卷八第〇四七五七页）

　　上述诸例，都是有抄本在传抄中因涉上字或下字偏旁类化而致异文，使原

---

① 管锡华：《校勘学》，安徽教育出版社1998年版，第83页。

② 此处舒序本为"＜侵＞茜纱"而非"＜侵＞纱"。参见曹雪芹：《红楼梦》，《古本小说丛刊》第一辑，中华书局1987年版，第2285页。《脂砚斋重评石头记汇校汇评》有误。

本为颜色词的不再是颜色词,甚至为错讹词。例(4),列藏本因下文"墀"从"土"类化"丹墀"之"丹"作"坍","丹墀"讹为"坍墀",且"坍"无"丹"之"红色"义。例(5),杨藏本因下文"芷"从"艹"类化而致"青芷"之"青"作"菁","青芷"讹为"菁芷",且"菁"无此"青"之"绿色"义。例(6),杨藏本因上文"浸"从"氵"类化而致"茜纱"之"茜"作"洒","茜纱"讹为"洒纱",且"洒"无"茜"之"红色"义。

(三)形近而改

有些汉字的字形非常相近、相似,稍不留神,便极易在传抄中发生改换。例如:

(7)绿与线

底下穿着一條 緑 纱小衣　（庚辰/己卯/蒙府/戚序/戚宁/杨藏/舒序/甲辰/程甲）

　　　　　＜線＞　　（列藏）（第三十三回卷十一第〇六八九七页）

(8)绿与续

驚破秋窓秋夢 緑　　（庚辰/蒙府/戚序/戚宁/列藏/甲辰）

　　　　　＜續＞　（程甲）（第四十五回卷十六第〇九五四六页）

(9)绿与丝

底下 絲 紬撒花袼褲　（庚辰/己卯）（第五十八回卷二十一第一二〇四页）

　　　　＜緑＞　　（蒙府/戚序/戚宁/列藏/杨藏/甲辰/程甲）

上述诸例,都是有抄本在传抄中因字形相近而改换,使原本为颜色词的不再是颜色词,或原本不是颜色词的却变成颜色词。此类异文,大体上文通字顺,不致错讹。例(7)(8),颜色词"绿",列藏本、程甲本分别改为形似的非颜色词"线""续","绿纱小衣"为"线纱小衣"、"秋梦绿"为"秋梦续"。例(9)庚辰本、己卯本非颜色词"丝",蒙府等诸本改为形似的颜色词"绿","丝绸"为"绿绸"。

(四)位近而改①

指传抄中,因文字位置相近而互换致使颜色词异文。例如:

(10)石青与青石

石青刻絲灰鼠披風　（庚辰/己卯/甲戌/蒙府/戚序/戚宁/舒序/甲
辰/程甲/卞藏）

＜青石＞　　　　　（杨藏）（第六回卷三第〇一二六五页）

(11)漆黑与黑漆

頭上挽著漆黑的油光髻兒　（庚辰/己卯/甲戌/蒙府/戚序/戚宁/列
藏/杨藏/舒序/卞藏）

＜黑漆＞　　　　　（甲辰/程甲）(第八回卷三第〇一六〇
一页）

(12)碧青与青碧

那個烟竟是碧青　　（庚辰/蒙府/戚序/戚宁/列藏/甲辰）

＜青碧＞　（程甲）(第四十八回卷十七第一〇二〇二页）

上述诸例,都是有抄本在传抄中将相邻二字的位置误倒而致异文,颜色词词形、词义等方面随之有所改变。例(10),颜色词"石青",杨藏本位置互换为"青石"。"青石"与"石青"一样,兼具名物义与颜色义,本指"青色的岩石",也可以指"青石般的颜色"。《红楼梦》各早期抄本,用作颜色义的"石青"有多例,而"青石"仅此一例。在清代服制中,"石青"是仅次于黄色的尊贵服色,《红楼梦》中只有宝玉和凤姐穿石青色外褂或披风,可见其所象征的身份之高贵。例(11),颜色词"漆黑",甲辰本、程甲本位置互换为"黑漆"。本为名物词"黑漆",在这一特定言语环境中引申出颜色义。例(12),颜色词"碧青",程甲本位置互换为"青碧"。"青碧"也是颜色词,《大词典》(11·549)释义为"青绿色","常用以形容山色、烟色、天色等"。

---

① 此类异文,校勘学上视为古书讹误一般情况之"错位",即管锡华(1998:105)所认为的"指文字位置的颠倒错乱"。综观语言文字的形、音、义三方面,这类异文的产生还是"形"起主导作用。

二、因音而致的异文

《红楼梦》抄本过录时,"常采用一人读,一人或数人写的方式。只要读写的人对字音有差异,就会抄成不同的字……同时,抄手为了求快,常采用繁字简写,即只写繁字中的发音部分"①,或保留繁字中的发音部分,改换其表意部分,致使一些音同音近颜色词异文产生。

(一)同音通假

(13)青与清

a. 清溪瀉雪　（庚辰/己卯/蒙府/戚序/戚宁/列藏/杨藏/舒序）

　＜青＞　　（甲辰/程甲）（第十七至十八回卷六第〇三一八七至〇三一八八页）

b. 則見 青溪前阻　（庚辰/己卯/甲辰/程甲）（第十七至十八回卷六第〇三三八一页）

　　＜清＞　　（蒙府/戚序/戚宁/列藏/杨藏/舒序）

c. 清瓦花堵　（庚辰/己卯/蒙府/戚序/戚宁/列藏/舒序/甲辰/程甲）

　＜青＞　　（杨藏）（第十七至十八回卷六第〇三二八七页）

d. 倚石護 青烟　（庚辰/己卯/蒙府/戚序/戚宁/列藏/杨藏/舒序）

　　＜清＞　　（甲辰/程甲）（第十七至十八回卷六第〇三六三三页）

(14)朱与珠

簾捲 朱 樓罷晚粧　（庚辰/舒序/甲辰/程甲/郑藏）

　＜珠＞　　（蒙府/戚序/戚宁/列藏/杨藏）（第二十三回卷八第〇四七五五页）

上述诸例,抄本间某些颜色词与非颜色词因音同通用假借而致异文。例(13),"青"为颜色词,"清"为非颜色词,但"清"通"青",义为"绿色或蓝色"。《释名·释言语》:"清,青也,去浊远秽色如青也。"王先谦疏证补:"叶德炯曰:'清、青

---

① 冯其庸:《脂砚斋重评石头记汇校汇评》,第18673页。

古通。'""青溪"与"清溪"①、"青瓦"与"清瓦"、"青烟"与"清烟"互换为用。例(14),"朱"为颜色词,"珠"为非颜色词,但在"红色"义上,"珠"通"朱","朱楼"为"珠楼"。

(二)保留声旁

(15)青绿与青录、松绿与松录、葱绿与葱录

a.設著三尺来高青 绿 古銅鼎 (庚辰/己卯/蒙府/戚序/戚宁/列藏/舒序/甲辰/程甲/卞藏)

　　　　＜录＞　　　　(杨藏)(第三回卷一第○○五四三页)

b.一样松 綠 的 (庚辰/己卯/蒙府/戚序/戚宁/列藏/甲辰/程甲)

　　　　＜录＞　(杨藏)(第四十回卷十四第○八三○七页)

c.拔步床上悬著葱 绿 双绣花卉草蟲紗帳 (庚辰/己卯/蒙府/戚序/戚宁/列藏/舒序/甲辰/程甲)

　　　　＜录＞　　　　　　(杨藏)(第四十回卷十四第○八三九九页)

(16)葱绿与葱錄

葱 綠 柳黄是我最爱的 (庚辰/己卯/列藏/舒序/程甲)

＜錄＞　(甲辰)(第三十五回卷十二第○七三四九至○七三五○页)

(17)猩红与腥红

早有几个人打起 猩 红氊簾 (庚辰/戚序/戚宁/列藏/甲辰/程甲)

　　　　＜腥＞　(蒙府)(第五十回卷十七第一○六八一页)

上述诸例,有抄本所用文字只保留形声字声旁,或保留声旁的同时改换形旁而致异文。例(15),主要是杨藏本抄手为求快求简,抄写时只保留"绿"的声旁"录",颜色词"青绿""松绿""葱绿"省写为"青录""松录""葱录"。例(16),"葱绿"之"绿",甲辰本为"錄",保留声旁"录"的同时将形旁"纟"改为"金"。例(17)"猩",蒙府本为"腥",保留发声部分"星",表意部分"犭"改为"月",颜色词"猩红"讹为"腥红"。

----

① "清溪"可通"青溪",指碧绿的溪水;也可指其本义——清澈的溪水。

(三)音同音近字替改

(18)鸂(鸡)与离(鸡)

两眼就像那 鸂 鶒似的 　（庚辰/己卯/蒙府/戚序/戚宁/甲辰/程甲）

　　　＜離＞ 　　　　　　（列藏）（第六十一回卷二十一第一三一三三

　　　　　　　　　　　　页）

(19)黄澄澄与黄灯灯

黄 澄澄 的又炸他作什庅 　（庚辰/己卯/列藏/杨藏/舒序/甲辰/程甲）

　　　＜燈燈＞ 　　　　　　（蒙府/戚序/戚宁）（第三十五回卷十二第

　　　　　　　　　　　　○七二一四页）

上述诸例,有抄本在传抄中用音同音近字替改而致异文,替改后有的颜色词还是颜色词,有的不再是颜色词,甚至为错讹词。例(18),表颜色义的"鸂",列藏本为同音的"离","鸂鸡"错为"离鸡"。例(19),"黄澄澄"为 ABB 式颜色词,词义核心是"黄",其叠音后缀虽然承载一定的语义信息或色彩意义,但在本质上不表示具体意义,书写时往往重在记音不拘字形。蒙府本等之"黄灯灯"是与"黄澄澄"同音、同义、仅书写形式不同的全等异形词语。[①]

三、因义而致的异文

(一)同义异文

(20)桃红与桃红色、荔色与荔支色

a.松花配桃红 　　　（庚辰/己卯/蒙府/戚序/戚宁/列藏/杨藏/甲

　　　　　　　　　　　辰/程甲）

　　　桃红[色] 　　　（舒序）（第三十五回卷十二 第○七三四九页）

b.宝玉身上穿着荔 色哆罗呢的天马箭袖 　（庚辰/蒙府/戚序/戚宁/列

　　　　　　　　　　　　　　　　　　　藏/杨藏/甲辰）

　　　　荔[支]色 　　　　　　　　　　（程甲）（第五十二回卷十

　　　　　　　　　　　　　　　　　　八第一一一三一页）

---

① 李行健:《现代汉语异形词规范词典》,第13页。

(21)红与红色、黄与黄色

a. 那爱红　　的毛病　（庚辰/己卯/蒙府/戚序/戚宁/列藏/舒序/甲
辰/程甲）

　　　红[色]　　　　（杨藏）（第十九回卷七第〇三九二〇页）

b. 黄的又不起眼　（庚辰/己卯/蒙府/戚序/戚宁/杨藏/舒序/甲辰/
程甲）

　　黄＜色＞　　　　（列藏）（第三十五回卷十二第〇七三六九至〇七
三七〇页）

(22)茜与茜红、粉与粉红

a. 茜　纱窗 真情揆癡理　（庚辰/己卯/蒙府/列藏/杨藏/甲辰/程甲）

　　茜＜红纱＞　　　　（戚序/戚宁/卞藏）（第五十八回卷二十第一
二五五八页）

b. 原来是一张粉　籤子　（庚辰/己卯/蒙府/戚序/戚宁/甲辰/程甲）

　　　　粉[红]　　　（列藏/杨藏/甲辰/程甲）（第六十三回卷二
十二第一三八七〇页）

(23)洁白与净白

潔　白簪缨银翅王帽　（庚辰/己卯/甲戌/蒙府/戚序/戚宁/列藏/杨
藏/舒序/甲辰）

＜净＞　　　　　　（程甲）（第十五回卷五第〇二七二七页）

(24)秋香色与秋香

一样秋香色　　　（庚辰/己卯/蒙府/戚序/戚宁/列藏/甲辰/程甲）

　秋香＜的＞　　（杨藏）（第四十回卷十四第〇八三〇六页）

(25)黑与墨

a. 减了一書黑水　（庚辰/己卯/列藏/杨藏/舒序/甲辰/程甲）

　　　　＜墨＞　（蒙府/戚序/戚宁/卞藏）（第九回卷四第〇一八
八九页）

b. 墨　漆竹簾二百掛　（庚辰/己卯/蒙府/戚序/戚宁）

＜黑＞　　　　　　（列藏/杨藏/舒序/甲辰/程甲）（第十七至十八
回卷六第〇三二三五页）

上述诸例,都是传抄过程中因文字增删替改致同义词①异文。例(20),"桃红"与"桃红色"、"荔色"与"荔支色"②即为构词方式略有不同的两组等义词,即异称词③。例(21)(22),在同一典籍不同版本这一特定言语环境下,"红""红色"、"黄""黄色"、"茜""茜红"、"粉""粉红",是由于构词方式不同而形成的在颜色义位上同义的几组一般同义词。例(23),程甲本将"洁白"之"洁"抄改为同义之"净","洁白"与"净白"构成一组同义异文。例(24),杨藏本将颜色词"秋香色"之"色"改为"的","秋香色"变成"秋香",原本为多义名物词的"秋香"在特定语境下获得一个与"秋香色"同义的颜色义。例(25),多义的"黑"与"墨"在"黑色"颜色义位上同义。

(二)反义异文

(26)红与白

a. 紅 刀子進去 白 刀子出來 （庚辰/己卯/杨藏）

＜白＞　　　　＜红＞　　　　　（甲戌/蒙府/戚序/戚宁/列藏/舒序/甲辰/程甲/卞藏）

（第七回卷三第○一五四五至○一五四六页）

b. 十個紙鉸的青面 白 髮的鬼来 （庚辰/戚序/戚宁/舒序）

　　　　　＜红＞　　　　　（甲戌/蒙府/列藏/杨藏）

（第二十五回卷九第○五二一八页）

(27)白与绿

白柳横坡 （庚辰/己卯/蒙府/列藏/杨藏/舒序/甲辰/程甲）

＜綠＞ （戚序/戚宁）（第十一回卷四第○二一八三页）

---

① 此处所指"同义词是按一个义位(词义)系统横向聚合的词群",按词义相同程度,将其分为"异称词和一般同义词两类"。参见黄金贵:《古汉语同义词辨释论》,上海古籍出版社 2002 年版,第 44、143 页。

② "荔"即"荔支",现在通用词形为"荔枝","荔色"即"荔枝色"。

③ 这类同义词高名凯、石安石(1987:121)称之为"绝对同义词";孙常叙(2006:229)称之为"无条件同义词"。

(28)黑与白

活白兔四对 黑兔四对 （庚辰/杨藏/甲辰/程甲）

   ＜黑＞   ＜白＞   （蒙府/戚序/戚宁）（第五十三回卷十八第
一一二九八页）

    上述诸例，都是传抄过程中，因"红"与"白"、"白"与"绿"、"黑"与"白"互换替改而致颜色义位上相反相对的几组反义颜色词异文。

(三)属种异文

(29)红与微红、大红、通红

a.宝玉看见袭人两眼微 红 （庚辰/己卯/蒙府/戚序/戚宁/舒序/
甲辰/程甲）

   （微）（列藏/杨藏） （第十九回卷七第〇三七
七三页）

b.袄内露出血点般大红裤子来 （庚辰/蒙府/戚序/戚宁/杨藏/甲
辰/程甲）

   （般大）（列藏）（第七十八回卷二十九第一七九
三二页）

c.用大 红彩绳串着 （庚辰/蒙府/戚序/戚宁/列藏/甲辰/程甲）

（大） （彩） （杨藏）（第五十三回卷十九第一一四八〇页）

d.宝玉聽說 红了脸 （庚辰/己卯/蒙府/戚序/戚宁/杨藏/甲辰/程甲）

了當時满脸通红 （列藏）（第六十六回卷二十四第一四六七九页）

(30)碧与浅碧

因見柳葉纏吐淺碧 （庚辰/己卯/戚序/戚宁/列藏/甲辰）

（柳）＜點＞碧 （蒙府/程甲）（第五十九回卷二十一第一二七
八七页）

(31)白与雪白

不知怎麼弄出這怪俊的 白 霜兒來 （庚辰/戚序/戚宁/列藏/杨
藏/甲辰）

   ＜雪白＞   （蒙府/程甲）（第六十回卷
二十一第一三一一二页）

上述诸例,"红"与"微红""大红""通红"、"碧"与"浅碧"、"白"与"雪白",它们都是不同抄本在传抄过程中,因文字的增删替改等使得颜色概念的内涵得以增加或减少,从而形成的一组组具有属种关系的颜色词异文。

(四)类同异文

(32)桃红与水红、银红

a.見鴛鴦穿著 水 红綾子袄兒　（庚辰/蒙府/戚序/戚宁/舒序/甲辰/程甲）

　　　　　＜桃＞　　　　（列藏/杨藏/郑藏）（第二十四回卷八第○四八四六页）

b.穿著 銀 红袄兒　（庚辰/甲戌/蒙府/戚序/戚宁/杨藏/舒序/甲辰/程甲）

　　　　　＜桃＞　（列藏）（第二十六回卷九第○五四一四页）

(33)葱绿与柳绿

再打一條 葱 綠　（庚辰/己卯/蒙府①/戚序/戚宁/杨藏/甲辰/程甲）

　　　　＜柳＞　（列藏/舒序）（第三十五回卷十二第○七三五○页）

(34)红与紫、赤与紫、红与红紫

a.宝玉 红 漲了臉　（庚辰/己卯/甲戌/蒙府/戚序/戚宁/杨藏/舒序/甲辰/程甲）

　　　　＜紫＞　　　（卞藏）（第六回卷二第○一一三七页）

b.羞的满面 紫 漲　（庚辰/己卯/蒙府/戚序/戚宁/列藏/杨藏/甲辰/程甲）

　　　　＜红＞　（舒序）（第三十二回卷十一第○六七四四页）

c.两腮 紫 脹起来　（庚辰/蒙府/戚序/戚宁/甲辰/程甲）

　　　　＜赤＞　（列藏）（第四十四回卷十五第○九一七六页）

---

① 此处《脂砚斋重评石头记汇校汇评》有误,应为"葱＜缘＞"而非"葱绿"。参见曹雪芹:《蒙古王府本石头记》,北京图书馆出版社 2007 年版,第 1349 页。

   d.司棋满脸红胀 （庚辰/甲辰）（第七十一回卷二十六第一六〇六
      一页）

    ＜紫＞ （蒙府/戚序/戚宁/列藏）

   e.贾政一见眼都红　紫 （庚辰/己卯/蒙府/戚序/戚宁/杨藏/甲辰）

    红＜了＞（列藏/舒序/程甲）（第三十三回卷十一第
      〇六八七七页）

  上述诸例,都是不同抄本在抄写过程中,因文字替改形成的具有同类颜色
范畴关系的异文。例(32),"水红""桃红""银红"同属红色范畴;例(33),"葱
绿""柳绿"同属绿色范畴;例(34),"红""赤"与"紫"、"红"与"红紫",都属于中
国传统五色中赤类[①]范畴。

四、因形音义综合而致的异文

(一)因形音义而异

(35)朱与硃

 a.粉面朱唇 （庚辰/己卯/列藏/杨藏/舒序/甲辰/程甲/卞藏）

  ＜硃＞ （甲戌/蒙府/戚序/戚宁）（第七回卷三第〇一四八四页）

 b.並無 硃 粉塗飾 （庚辰/己卯/蒙府/戚序/戚宁/列藏/杨藏/舒序/
     甲辰）

  ＜朱＞ （程甲）（第十七至十八回卷六第〇三一六三页）

 c.硃 橘黄橙橄欖等物 （庚辰/列藏/甲辰/程甲）

  ＜朱＞ （蒙府/戚序/戚宁）（第五十回卷十七第一〇
     六二四页）

  例(35),"朱"本义为"树干",引申指"赤心木",又引申指"大红""朱砂"。
"朱砂"义之"朱"后另加义符"石"写作"硃"。"朱""硃"在"朱砂"义上是一组古
今字、繁简字。因形音义的诸多联系,"朱""硃"在"大红色"义上通用。

---

① 张永言(2015:172-179)曾将上古汉语颜色词按其词义纳入黑、白、赤、黄、青五色之下,
  其中"红""赤""紫"均属赤类。

(二)因形义而异

(36)藕合、藕合色、藕色与藕合色

只見他穿著半新的 藕 合　的綾袄　（庚辰）

　　　　　　　　＜藕＞合＜色＞　（蒙府）

　　　　　　　　藕 合＜色＞　（戚序/戚宁）

　　　　　　　　藕　　＜色＞　（列藏/甲辰/程甲）

　　　　　　　　（第四十六回卷十六第〇九六六八頁）

(37)黑、墨与鱼

莫道此生沉黑海　（庚辰/列藏）

　　　　　＜墨＞　（蒙府/戚序/戚宁）

　　　　　＜鱼＞　（舒序）（第二十二回卷八第〇四六四三頁）

(38)柳绿、柳色与柳丝

束著一條柳　綠汗巾　（庚辰/己卯/蒙府/戚序/戚宁/甲辰/程甲）

　　　　柳　絲　　（列藏）

　　　　柳＜色＞　　（杨藏）（第六十三回卷二十二第一三七二六頁）

上述诸例,不同抄本在传抄中或因形或因义而致异文,颜色词词形词义发生改变,有的甚至变成非颜色词,或错讹词。例(36),"藕合"即"藕合色",一组因构词方式不同而形成的等义颜色词异文;"藕合""藕合色"与"藕色",一组具有类同关系的颜色词异文。"藕合色",蒙府本讹为"藕合色","藕"与"藕"形似致异。例(37),"黑"和"墨",一组在"黑色"义位上同义的一般同义词异文;颜色词"黑"与非颜色词"鱼",二者形似致异。例(38),"柳绿""柳色",一组颜色义位上同义但构词方式不同的异文;颜色词"柳绿"与非颜色词"柳丝",因"绿""丝"形似致异。

(三)因音义而异

(39)猩与红、新、星

大轎抬着一个鳥帽 猩 袍的官府过去了

　　　　（庚辰/己卯/甲戌/戚序/戚宁/列藏/舒序/甲辰/程甲）

71

<红>　（蒙府）

<新>　（杨藏）

<星>　（卞藏）（第一回卷一第○○二一四页）

（40）黄与白、慌

这傻大姐听了反嚇的　黄　了脸（庚辰/列藏/甲辰/程甲）

　　　　　　　　<白>　　（蒙府/戚序/戚宁）

　　　　　　　　<慌>　　（杨藏）

　　　　　（第七十三回卷二十七第一六四二三页至一六四二四页）

　　上述诸例，都是不同抄本在传抄中或因音或因义而致异文，颜色词被替改，有的甚至变成非颜色词，或错讹词。例（39），"猩"与"红"同属红色范畴颜色词异文；杨藏本为非颜色词"新"，为音近字替改；卞藏本删繁为简，只保留"猩"之声旁"星"。例（40），"黄"与"白"为反义颜色词异文；杨藏本为非颜色词"慌"，当与颜色词"黄"音近而异。

五、其他异文

（41）柳录

松花配桃红　　　　　（庚辰/己卯/蒙府/戚序/戚宁/列藏/舒序/甲辰/程甲）

［的再打一条柳录的］　（杨藏）（第三十五回卷十二第○七三四九页）

（42）红

後來听见鳳姐要燒了紅烙鐵來烙嘴　（庚辰/蒙府/戚序/戚宁/甲辰/程甲）

　　　　　　　　（红）　　　　　　（列藏）（第四十四回卷十五第○九一七八页）

（43）鸭绿与满额

满额鹅黄　（庚辰/己卯/甲戌/蒙府/戚序/戚宁/杨藏/舒序/卞藏）

<鴨綠>　（程甲）（第五回卷二第○○九一二页）

（44）（苔）翠与（苔）草

苔翠盈鋪雨後盆　（庚辰/己卯/蒙府/戚序/戚宁/列藏/舒序/甲辰/

程甲）

<草>　　　　　（杨藏）（第三十七回 卷十三第〇七六九三页）

（45）红（毡）与花（毡）

山坡桂樹下鋪下兩條花毡　（庚辰/己卯/蒙府/戚序/戚宁/列藏/杨
藏/甲辰/程甲）

<紅>　　（舒序）（第三十八回 卷十三第〇七九
四七页）

上述诸例，也是因为某一字句的增出、删去、改动、讹误而致颜色词异文，但异文用字间却并无形、音、义等方面的关联。例（41），杨藏本相较于其他版本因增加一句"再打一条柳录的"，此处增加颜色词"柳录"；例（42），列藏本因删去一字相较于其他版本此处减少颜色词"红"；例（43），程甲本因对"满额"的替改而拥有了一个不曾见于其他抄本的颜色词"鸭绿"；例（44），杨藏本将"苔翠"改为"苔草"，相较于其他版本此处无颜色词"翠"；例（45），舒序本将"花毡"改为"红毡"，相较于其他版本此处多出颜色词"红"。

第二节　《红楼梦》早期抄本颜色词异文的研究价值

《红楼梦》复杂的版本问题历来为学界所关注。《脂砚斋重评石头记汇校汇评》一书，将现存十三种脂砚斋评本系统的早期抄本汇为巨帙，以其独创新颖的相同文字不再重复，只列出异文的排列汇校法，使得十三种脂本文字的异同一目了然，为探求各脂本的版本优劣、版本关系等问题提供了极大的便利。排比考察《红楼梦》早期抄本中的颜色词异文，从微观层面进行细致深入的研究，既能在一定程度上明辨各脂本所用颜色词的优劣，也有助于从颜色词这一特定侧面管窥各抄本的亲疏远近关系。

一、有助于判断《红楼梦》颜色词版本优劣

目前，尚未发现《红楼梦》原作者的定稿本行世，十三种早期抄本无一是作者手稿或确定是依据手稿的校本。逐一排查《红楼梦》颜色词异文，发现诸本

颜色词用字几乎都存在不同程度的错讹衍夺,但也各有优长之处,若细加斟酌,有可能做出《红楼梦》颜色词版本优劣的判断和去取。

    (46)下面半露松花撒花綾褲腿　（庚辰/甲戌/蒙府/舒序/程甲）

              松花［綠］　（己卯/列藏/杨藏/卞藏）

              松花［色］　（戚序/戚宁）（第三回卷二第〇〇六〇六页）

    (47)将自己一條松花汗巾解了下來　（庚辰/甲戌/蒙府/戚序/戚宁/舒序/甲辰/程甲）

              松花［綠］　（列藏/杨藏）（第二十八回卷十第〇五九五五页）

    (48)松花 色 配什麼　（庚辰/己卯/蒙府/戚序/戚宁/列藏/舒序/甲辰/程甲）

        松花＜录＞　（杨藏）（第三十五回卷十二第〇七三四八页）

    (49)松花　配桃红　（庚辰/己卯/蒙府/戚序/戚宁/列藏/杨藏/甲辰/程甲）

        松花［色］　（舒序）（第三十五回卷十二第〇七三四九页）

    (50)只穿着一件松花　綾子夹袄　（庚辰/杨藏/甲辰/程甲）

           松 花［綠］　（蒙府/戚序/戚宁）

          松＜色＞　（列藏）（第七十八回卷二十九第一七九三二页）

    (51)這褲子配著松花色袄兒　（庚辰/列藏/甲辰/程甲）

           松花（色）　（蒙府/戚序/戚宁）

        松 ＜黄＞ 袄　（杨藏）（第七十八回卷二十九第一七九三六页）

    例(46)—(51),《红楼梦》十三种早期抄本,关涉“松花”“松花色”“松花绿”的三、二十八、三十五、七十八等4回都完整的有八种,其中庚辰、甲辰、程甲三本完全相同:均未出现“松花绿”,且所用“松花”“松花色”处完全相同;蒙府、戚序、戚宁三本相同:七十八回均有1例“松花绿”,其余为“松花”“松花色”;列藏、杨藏两本同中有异：三、二十八回均为"松花绿"，列藏本七十八回有1例"松色"，杨藏本三十五回有1例"松花录"、七十八回有1例"松黄"。

"松花"，本指"松树的花"，因其色黄，又名"松黄"；以物名色，引申"指松花般的黄色"。明清以来，"松花""松花色"一直作为中国传统黄色色名而存在，意义明确、所属颜色范畴确定、构词理据清晰，可与"松花黄""松黄"构成一组同义异称颜色词。但是，程甲本后四十回中用了2例"松花绿"[①]，尤其是二十八回中宝玉递与琪官的"松花"汗巾，一百二十回再次出现时变成"松花绿"汗巾，这很有可能是续后四十回的无名氏或整理者程伟元、高鹗误用所致。因为"'松花'是黄色，是人都能感知，没人会觉得它是绿色，'松花绿'是根本不通的"[②]，将"松花绿"等同于"松花""松花色"更是一个低劣的错误。至此，在颜色词"松花""松花色"与"松花绿"的异文取舍上，可以做出以从未使用过"松花绿"的八十回本庚辰本、甲辰本为优的判断，各抄本凡涉及"松花""松花色"与"松花绿"的异文，应取"松花""松花色"，弃"松花绿"。

还有前面例(26a)，正是有甲戌、蒙府、戚序、戚宁、列藏、舒序、甲辰、程甲、卞藏诸本点改后正常情况下看似准确无误的"白刀子进去红刀子出来"，才能更好地见出具体言语环境下貌似无厘头的庚辰、己卯、杨藏三本"红刀子进去白刀子出来"所表现出的焦大醉骂时口吻颠倒的精妙。

二、有助于探求《红楼梦》版本关系

《红楼梦》版本复杂繁多，各种本子的版本状况、关系错综交织。"大略地说，《红楼梦》的版本可以分为两大系统：'脂本'和'程本'。"[③]"脂本"（载有脂砚斋等人批语的早期抄本的简称）过去基本上都以抄本的形式流传，全书八十回，为未完成本；"程本"则是补配完整的一百二十回本。从流传方式看，分属石印本和木活字摆印本的戚宁本和程甲本似乎并不属于抄本，但实际上戚宁

---

① 曹雪芹：《程甲本红楼梦》，书目文献出版社1992年版，第2466、3223页。

② 此语为汪维辉先生对本人所撰《〈红楼梦〉中国传统色名考辨》初稿指点时批注的原话。非常认同此观点，并致以诚挚谢意。

③ 刘世德：《戚本：〈红楼梦〉脂本中的一种重要版本》，《戚蓼生序本石头记》，人民文学出版社2006年版，第1页。

本据以石印的底本是抄本性质的张开模旧藏本①；程甲本据以木活字摆印的前八十回的底本，"确是一个脂评系统的本子，而且是比较地靠近庚辰本这个系统的"②，程甲本前八十回无疑也属于早期抄本。因"抄""刻"之别，《红楼梦》在流传上似乎形成"脂本""程本"两大系统，但如果从其创作来说，从其根本情况来看，终究还是同一部《红楼梦》，各种早期抄本的大同不言而喻；作者"批阅十载，增删五次"所形成的修本多样性，后人反复传抄的衍夺错讹，还有不同藏书家的改笔，抄本之间复杂的文字差异不容忽视。正是在《红楼梦》各种抄本复杂甚至有些特殊的异同中，学者们持续不断地从宏观到微观明辨各本的独特性③与内在关联性，而《红楼梦》早期抄本颜色词异文的深入研究，也有助于探寻《红楼梦》不同抄本间远近亲疏的版本关系。

(一)戚序、戚宁二本同出一源

(52)一碟醃的胭脂鹅脯　（庚辰/己卯/蒙府/列藏/杨藏/甲辰/程甲）

（胭）　　　　（戚序/戚宁）

（第六十二回卷二十二第一三五七五页）

(53)岫烟便襲了一個綠字　（庚辰/己卯/蒙府/列藏/杨藏/甲辰/程甲）

＜緣＞（戚序/戚宁）

（第六十二回卷二十二第一三四七八页）

(54)只見龕焰猶青　　（庚辰/蒙府/杨藏/甲辰/程甲）

＜青＞（戚序/戚宁）（第七十六回卷二十八第一七四五〇页）

十三种早期抄本所呈现出来的178例颜色词异文，唯有戚序本、戚宁本，在颜色词用字的增删替改、甚至衍夺错讹上都如出一辙，几乎完全相同。同时

---

① 刘世德：《戚本：〈红楼梦〉脂本中的一种重要版本》，第5页。

② 冯其庸：《程甲本红楼梦序——论程甲本问世的历史意义》，《程甲本红楼梦》，书目文献出版社1992年版，第18—19页。

③ 十三种早期抄本178例颜色词异文，八十回本中独有颜色词异文最多的是杨藏本34例，其次是列藏本30例，再次是庚辰本11例、程甲本10例、蒙府本9例、甲辰本5例。残抄本中存40回的舒序本17例，存10回的卞藏本5例，存16回的甲戌本3例，存41回又2个半回的己卯本2例，存2回的郑藏本1例。

相较于其他抄本,二者还独有 10 余例颜色词共同异文:例(52)－(54),颜色词"胭脂"删为"脂"、"绿"改为"缘"、改字后颜色词"青"变为"青青";还有前面例(27)(36)(46),颜色词"白(柳)"改为"绿(柳)"、"藕合"改字为"藕合色"、"松花"增字为"松花色",由此不难见出戚序本、戚宁本"两本有共同渊源的事实"①。

(二)蒙府本与戚序、戚宁二本最为相近

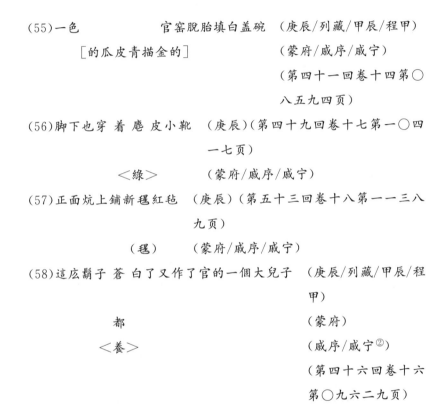

(55)一色　　　　　　官窑脱胎填白盖碗　(庚辰/列藏/甲辰/程甲)

[的瓜皮青描金的]　　　　　　　　(蒙府/戚序/戚宁)

　　　　　　　　　　　　　　　(第四十一回卷十四第○

　　　　　　　　　　　　　　　八五九四页)

(56)脚下也穿 着 麂 皮小靴　(庚辰)(第四十九回卷十七第一○四

　　　　　　　　　　　　　一七页)

　　　　＜綠＞　　　(蒙府/戚序/戚宁)

(57)正面炕上铺新疆红毡　(庚辰)(第五十三回卷十八第一一三八

　　　　　　　　　　　　九页)

　　　　（毡）　　　(蒙府/戚序/戚宁)

(58)這厷鬍子 蒼 白了又作了官的一个大兒子　(庚辰/列藏/甲辰/程

　　　　　　　　　　　　　　　　　　　甲)

　　都　　　　　　　　　　　(蒙府)

　＜養＞　　　　　　　　　(戚序/戚宁②)

　　　　　　　　　　　　　(第四十六回卷十六

　　　　　　　　　　　　　第○九六二九页)

排比考察颜色词异文,还可以看出蒙府本与戚序本、戚宁本最为相近。不同于戚序、戚宁二本在颜色词上的几乎完全相同,蒙府本独有颜色词异文 10

① 李广柏:《皓首穷经终成钜帙精编细校嘉惠学林——〈脂砚斋重评石头记汇校汇评〉读后感言》,《红楼梦学刊》,2010 年第 3 期,第 333 页。

② 此处戚宁本与戚序本同为"＜养＞白",而非与庚辰本同为"苍白"。参见曹雪芹:《戚蓼生序本石头记:南图本》,人民文学出版社 2011 年版,第 1759 页。

例,如前面例(1)(17)(36)(39),但与他本相比,唯蒙府、戚序、戚宁这三本独有的颜色词共同异文最多,共 22 例,远高于仅程甲本与蒙府本还有的颜色词共同异文 3 例。例(55),"瓜皮青"是一个不曾见于其他抄本的唯其三者独有的颜色词异文;例(56)(57),庚辰本"麑(皮)""毡红",蒙府、戚序、戚宁三本分别替改、减字为"绿(皮)""红";还有前面例(19)(28)(35c)(37)(40)(50)(51),"黄澄澄""白(兔)""黑(兔)""硃(橘)""黑(海)""黄(了脸)",蒙府、戚序、戚宁三本分别替改为"黄灯灯""黑(兔)""白(兔)""朱(橘)""墨(海)""白(了脸)","松花"增字为"松花绿"、"松花色"减字为"松花",等等。另者,蒙府本还在个别细微处呈现出过录时与戚序、戚宁二本关系的特别,例(58),庚辰诸本的"苍白",戚序、戚宁二本改为"养白",其实蒙府本最初也抄为"养白",后来改"养"为"都"才变为"都白"。总之,"蒙、戚二本虽偶有分歧之处,其为同出一源,是没有多大问题的"[1],"从王府本到戚序各本,构成一个早期钞本的独特分支"[2]。

(三)己卯、庚辰二本一间之隔

(59)裙边繫着　绿　色宫縧　（庚辰）

　　　　　［豆］绿（色）　（己卯/甲戌/戚序/戚宁/列藏/杨藏/

　　　　　　　　　　　　　舒序/卞藏）

　　　　　［豆］绿＜官＞　（蒙府）（第三回卷一第〇〇四九七页）

(60)好一似無瑕白玉遭泥陷　（庚辰/甲戌/蒙府/戚序/戚宁/舒序/

　　　　　　　　　　　　甲辰/程甲/卞藏）

　　　　　＜美＞　（己卯/杨藏）（第五回卷二第〇一〇

　　　　　　　　　五九页）

(61)小丫頭打起猩　红毡簾　（庚辰/甲戌/蒙府/戚序/戚宁/杨藏/舒

　　　　　　　　　　　　序/甲辰/程甲/卞藏）

　　　　　＜狸＞[3]　（己卯）（第六回卷三第〇一二四三页）

---

[1]　周汝昌:《寿芹心稿》,中国大百科全书出版社 2012 年版,第 126 页。

[2]　林冠夫:《红楼梦版本论》,第 19 页。

[3]　"狸"字旁有红色批注"猩"字。参见曹雪芹《脂砚斋重评石头记:己卯本》,人民文学出版社 2010 年版,第 136 页。

(62)一件玉色红青酡 絨三色缎子鬬的水田小夾袄 （庚辰）

　　　　　　絨　　　　　　　　　　　　（己卯）

　　　　＜駝＞絨　（蒙府/戚序/戚宁/列藏/杨藏/甲辰/程甲）

　　　（第六十三回 卷二十二第一三七二五至一三七二六页）

　　在《红楼梦》早期抄本中，己卯、庚辰二本存在着特殊密切的关系，最早论证其关系的是冯其庸，他曾将己卯本与庚辰本对校，撰《论庚辰本》一书，"揭示己卯、庚辰两本相同者十之九而有余，至其不同处仅一间之隔"①，单就颜色词异文而言也是如此。己卯本现存只四十一回又两个半回，庚辰本现存七十八回，十三种早期抄本 178 例颜色词异文，二本共有回目内容中占 101 例，这 101 例中己卯、庚辰二本相异的颜色词只有上述(59)—(62)及前面的(46)共 5 例，不同率仅为 4.95％，相同率高达 95.05％。比照常与己卯本、庚辰相提并论的甲戌本，它现存仅十六回，十三种早期抄本 178 例颜色词异文中有 31 例在其与庚辰本共有回目内容中，这 31 例甲戌、庚辰二本相异的颜色词就有 7 例，不同率为 22.58％，相同率为 77.42％。两相比较，己卯、庚辰两本仅一毫之隔的亲密关系从颜色词异文这一微观层面上也有充分体现。

　　(四)甲辰、程甲二本一脉相承

(63)但見朱欄白石　（庚辰/己卯/甲戌/蒙府/戚序/戚宁/杨藏/舒
　　　　　　　　　　序/卞藏)

　　　　＜玉砌＞（甲辰/程甲）（第五回 卷二第○○九○三页）

(64)此花之色红 暈若施脂　（庚辰/己卯/蒙府/戚序/戚宁/杨藏）

　　(之色)红(暈)　　　　　（甲辰/程甲）

　　　　　　　　　　　　　（第十七至十八回卷六第○三三五四至

　　　　　　　　　　　　　○三三五五页）

---

① 冯其庸:《论庚辰本》(增补本),商务印书馆 2014 年版,第 193 页。

(65)再谈及粉淡脂莹　　（庚辰/己卯/蒙府/戚序/戚宁/杨藏/舒序/卞藏）

   <红>　（甲辰/程甲）（第三十六回　卷十二第〇七五一五页）

(66)脸上又红　　（庚辰/蒙府/戚序/戚宁/列藏/杨藏/甲辰/程甲）

  <热>　（甲辰/程甲）（第七十二回　卷二十六第一六〇七九页）

(67)自己到羞的满面飞红　　（庚辰/蒙府/戚序/戚宁/列藏/杨藏）

  <通红>　（甲辰/程甲）（第八十回卷三十第一八四三三页）

在颜色词异文排比考察中,还能找寻到甲辰、程甲二本一脉相承的版本印记。十三种早期抄本所呈现出来的 178 例颜色词异文,甲辰、程甲二本独有的颜色词共同异文高达 22 例,如例(11)(13a/d)以及例(63)—(67),另外就只有甲辰本与杨藏本共有颜色词异文 2 例、与卞藏本 1 例,程甲本与蒙府本共有颜色词异文 3 例、与杨藏本 1 例。俞平伯曾说:"甲辰本大体跟程排甲本相类似,跟脂本差别很多。甲辰本是抄本跟刻本间的连锁,从抄本说是'穷流',从刻本说是'溯源'。"[①]诸本比较所见出的甲辰、程甲二本在颜色词用字上的许多独特共同之处可以佐证此说。

三、余论

《红楼梦》颜色词异文有其独特而重要的版本学价值,但无论是《红楼梦》颜色词版本优劣的定夺,还是其版本关系的探求,不少异文充其量只是一种特别或重要的佐证材料,必须结合其他方式方法,经过多方论证方能得出可信结论。前文例(62)一件水田小夹袄是用三色缎子斗的,"玉色""红青"之外的另一色,早期抄本异文有三:"酡绒""酡绒""驼绒",用字同中有异,单凭异文本身难以确定正误与优劣。借助《大字典》等工具书,不难发现"驼绒"构词有理据,

---

① 俞平伯:《红楼梦八十回校本序言》,《红楼梦:八十回校本》,人民文学出版社 1958 年版,第 27 页。

"酡絾""酡绒"尤其是"酡絾"不具备构词的理据性。再从《红楼梦》书成时代文献资料看,本为名物的"驼绒",清代常用以表示色名。"酡絾",除己卯本外,遍查各代表性语料库,均未发现其作为词、甚而颜色词的任何用例。至此,才有充分理由①认定"驼绒"(亦作"驼茸")为正确词形,"酡绒""酡絾"为其讹变,由此可以做出以使用"驼绒"的蒙府诸本为优的判断。②

　　当然,《红楼梦》颜色词异文除了上述版本方面的研究价值外,至少还有两个方面的作用也值得注意。一是有助于《红楼梦》颜色词的界定。在界定"红校本"③颜色词"胭脂"时,就借助过早期抄本中的颜色词异文。《红楼梦》25例"胭脂",其中20例为名物,指"一种用于化妆和国画的红色颜料";"指红花植物"和"指美女"各1例;还有3例"泛指鲜艳的红色",即"胭脂疥"(四/60)、"胭脂米"(五十三/719)、"胭脂鹅脯"(六十二/858)。若对这类"胭脂"表颜色义为颜色词有疑义,卞藏本④中颜色词"红"与"胭脂疥"之"胭脂"互为异文即可释疑。二是有助于《红楼梦》颜色词讹误的厘清。目前发行和影响最大的"红校本"在其"前言"中说:"本书在校勘过程中决定采用庚辰本为底本,以其他各种脂评本为主要参校本,以程本及其他早期刻本为参校本。凡底本文字可通而主要参校本虽有异文但并不见长者,仍依底本;凡底本明显错误而主要参校本不误者,即依主要参校本。"⑤如"万不可弃此'茜纱'新句"(七十九/1118)中的"茜",庚辰本将"茜"讹为音近形似"箷"(俗"籤"字),"红校本"据其他脂评本径改之为"茜",且不再另做校记。

---

① 详细缘由,参见第二章"酡絾"考辨。
② "红校本"不取蒙府诸本正确词形"驼绒",甚至也未坚持"底本文字可通"的庚辰本"酡绒",而是采用参校本己卯本中明显错录的"酡絾",殊为不解。
③ 本章余下例句如不特别注明皆出自"红校本"。
④ 冯其庸:《脂砚斋重评石头记汇校汇评》,第750页。
⑤ "红校本"前言,第6页。

第五章 《红楼梦》所见的近代汉语颜色新词和新义

《红楼梦》中蕴含着一批明清时期新产生的颜色词和颜色义,把它们发掘整理出来,有助于近代乃至整个汉语颜色词史的构建和辞书中有关颜色词的编纂修订。本章主要以《大词典》和《大字典》(有时也合称"二典")这两部目前最具权威性的历时性汉语语文工具书作为参照,进行一些细致深入的考察与探究。

第一节 《红楼梦》所见近代汉语新产生的颜色词

一、《大词典》引《红楼梦》为始见书证的颜色词条

"历时性的大型语文辞典的首例应该举始见例,即在传世文献中最初出现的例子,这已经成为语言学界和辞书学界的共识。"①《红楼梦》作为近代汉语白话作品的典范之作,在反映近代汉语词汇的面貌上有着十分突出的贡献。《大词典》编纂者充分认识到它的重要性,引其为书证的颜色词条(或颜色义项)共37 个,约占《红楼梦》颜色词总数的 28.03%;其中引为唯一书证的有 5 个,引为书证之一且为始见的有 13 个。②

---

① 王锳:《〈汉语大词典〉商补·前言》,黄山书社 2006 年版,第 6 页。
② 参见第一章第二节。

(一)《大词典》引《红楼梦》为唯一书证的颜色词条①

【鬼脸青】 (12·457)②一种陶瓷的颜色,暗青色。《红楼梦》第四一回:"这是五年前我在玄墓蟠香寺住着,收的梅花上的雪,统共得了那一鬼脸青的花瓮一瓮。"

【秋香色】 (8·39)暗黄色。《红楼梦》第四十回:"那个软烟罗只有四样颜色:一样雨过天青,一样秋香色,一样松绿的,一样就是银红的。"

【石榴红】 (7·997)像石榴花一般的朱红色。《红楼梦》第九一回:"〔宝蟾〕上面系一条松花绿半新的汗巾,下面并无穿裙,正露着石榴红洒花夹裤,一双新绣红鞋。"

【石青】 (7·985)义项②:如同石青的一种蓝色。《红楼梦》第五二回:"贾母见宝玉身上穿着……大红猩猩毡盘金彩绣石青妆缎沿边的排穗褂。"

【松花】 (4·870)义项③:指松花般的黄色。《红楼梦》第二八回:"〔宝玉〕将自己一条松花汗巾解了下来,递给琪官。"

(二)《大词典》引《红楼梦》为书证之一且为始见的颜色词条

【白花花】 (8·175)形容很白;雪白。首引《红楼梦》第九九回:"眼见得白花花的银子,只是不能到手。"次引杜鹏程《在和平的日子里》第四章:"他两股白花花的眉毛往下一低,两个眼窝显得很深。"

【葱绿】 (9·479)义项①:浅绿而微黄的颜色。也叫葱心儿绿。首引《红楼梦》第七十回:"那晴雯只穿着葱绿杭绸小袄,红绸子小衣儿,披着头发骑在芳官身上。"次引《儿女英雄传》第二九回:"当中便是卧房门,门上挑着葱绿软帘儿。"

【大红】 (2·1360)义项②:很红的颜色。首引《红楼梦》第三五回:"莺儿道:'汗巾子是什么颜色?'宝玉道:'大红的。'"次引茹志鹃《如愿》:"〔何大妈〕伸手在枕头下面,摸出那个对折起来的大红封套。"

【黑亮】 (12·1330)黑得发亮。首引《红楼梦》第三回:"总编一根大辫,

---

① 词条按照音序排列,下同。

② 颜色词词条及释义、书证等内容均来自《大词典》(12卷本)。同时汉语大词典编纂处编《汉语大词典订补》(文中简称《订补》,其后加括号注明页码)中有关颜色词词条的相关书证也一并列出。余下词条无特别说明,均同此。

黑亮如漆。"次引李大成《同心结》:"她翻着黑亮的眼睛,歪着小脖子认真地回答。"

【红扑扑】 (9·714—715)形容脸色很红。首引《红楼梦》第一百回:"刚才我见他到太太那屋里去,那脸上红扑扑儿的一脸酒气。"次引曹靖华《飞花集·点苍山下金花娇》:"好像是她那红扑扑的脸儿,把自己身边的红梅、茶花,都映得那么浓艳吧?"

【黄澄澄】 (12·1003)形容金黄色或橙黄色。首引《红楼梦》第五二回:"今儿雪化尽了,黄澄澄的映着日头,还在那里呢;我就拣了起来。"。次引茅盾《右第二章》:"〔阿祥〕满脸通红,头上是黄澄澄的铜帽子。"最后引韩北屏《非洲夜会·双城记》:"看到这边枝头结了小小的果实,那边枝头悬挂着黄澄澄的大橘子。"

【玫瑰紫】 (4·531)像紫玫瑰那样的颜色。首引《红楼梦》第八回:"〔宝钗〕头上挽着黑漆油光的鬏儿,蜜合色的棉袄,玫瑰紫二色金银线的坎肩儿。"次引《儿女英雄传》第十五回:"看那人约略不上三十岁……家常不穿裙儿,下边露着玫瑰紫的裤子。"《订补》(468):徐城北《中国京剧·欣赏京剧不容易》:"人们坐在舞台下面,尽情欣赏那青罗战袍,飘开来,露出红里子,玉色裤管里露出玫瑰紫里子,踢蹬得满台灰尘飞扬。"

【青绿】 (11·552)义项③:深绿色。首引《红楼梦》第三回:"大紫檀雕螭案上设着三尺多高青绿古铜鼎。"次引清阮元《小沧浪笔谈》卷三:"面上涂金如新,背青绿斑驳,古色可爱。"

【松花绿】 (4·870)嫩绿色。原唯一例证引自《红楼梦》第九一回:"〔宝蟾〕穿了件片金边琵琶襟小紧身,上面系一条松花绿半新的汗巾。"后《订补》(492):白先勇《玉卿嫂》:"椅背上挂着玉卿嫂那件枣红滚身,她那双松花绿的绣花鞋儿却和庆生的黑布鞋齐垛垛的放在床前。"

【松花色】 (4·870)如松花般的嫩黄色。原唯一例证引自《红楼梦》第七八回:"这裤子配着松花色袄儿,石青靴子,越显出这靛青的头,雪白的脸来了!"后《订补》(492):张爱玲《童言无忌》:"古人的对照不是绝对的,而是参差的对照,譬如说:宝蓝配苹果,松花色配大红,葱绿配桃红。"

【松绿】 (4·876)松花绿。原唯一例证引自《红楼梦》第四十回:"那个软烟罗只有四样颜色:一样雨过天青,一样秋香色,一样松绿的,一样就是银红的。"后《订补》(493)：方李莉《中国陶瓷》第十一章："在粉彩颜料中有一系列不透明的粉彩颜色，如粉黄、宫粉、松绿、粉翡翠等。"

【乌油】 (7·69)谓黑而光润。首引《红楼梦》第四六回："只见他……蜂腰削背，鸭蛋脸，乌油头发。"次引茅盾《子夜》一："前面一所大洋房的两扇乌油大铁门霍地荡开，汽车就轻轻地驶进门去。"

【血色】 (8·1341)义项①：亦指皮肤健康红润的颜色。首引《红楼梦》第八三回："看他那个病，竟是不好呢，脸上一点血色也没有。"次引鲁迅《彷徨·祝福》："脸色青黄，只是两颊上已经消失了血色。"

二、可为《大词典》商补的颜色词

汉语词汇生生不息，即便是《大词典》这样的超大型历时性辞书，既不可能也无必要将所有的词语尽收其中。哪些词该收，哪些词可舍，见仁见智。"但那些在文献上不止一次出现，而且出现在不同作者笔下"①，甚至出现在《大词典》释文中，或能承古，或可启今的词，至少不应该疏漏和错失。下面我们认为可为《大词典》商补的 15 个颜色词，大致都符合这样的标准。

【白汪汪】 《大词典》(8·163)"白"字下无此词条。《订补》(949)"白"字下亦无补。

按：《红楼梦》中此类颜色词共 4 个，除"白汪汪"外的另外 3 个，即"白花花""白茫茫""白漫漫"均为《大词典》所收录，且引《红楼梦》为始见书证或书证之一。同样出现在《红楼梦》中，构词方法相同、使用频率相近，不应顾此失彼。而且"白汪汪"在现当代文学作品中也有用例。如谌容《梦中的河》："好大的水啊！漫山遍野的水！白汪汪的一片，看不到头，看不到边……"张海迪《轮椅上的梦》："谁叫他村儿里闸着白汪汪的河水卡巴咱陶庄哩！"增补"白汪汪"为词条，并引《红楼梦》为始见书证。释义为：形容一大片白色。用例为：大门上门灯朗挂，两边一色戳灯，照如白昼，白汪汪穿孝仆从两边侍立。(十四/184)

【葱黄】 《大词典》(9·478)"葱"字下无此词条。《订补》(1074)"葱"字下亦无补。

按：《大词典》收录有"葱白""葱青""葱翠""葱绿"等颜色词，但未收录"葱

① 王锳：《汉语大词典商补续编》，贵州大学出版社 2016 年版，第 79 页。

黄"。"葱黄"不仅见于清代文献中,现当代文学作品中也有用例,如郭沫若《菩提树下》:"这鸡雏们真是可爱,有葱黄的,黑的,有淡黑的,有白的。"增补"葱黄"为词条,并引《红楼梦》为始见书证。释义为:浅黄而微绿的颜色。用例为:蜜合色棉袄,玫瑰紫二色金银鼠比肩褂,葱黄绫棉裙,一色半新不旧,看去不觉奢华。(八/119)

【海棠红】《大词典》(5·1218)"海"字下无此词条。《订补》(639)"海"字下亦无补。

按:清《布经》中记载有"海棠红"①。现当代文学作品中也有用例,如艾煊《太湖漫游》:"泥色有很多种,有海棠红、朱砂、冷金、墨绿、淡黄、石榴皮、紫砂、墨沉、犁皮等等。"增补"海棠红"为词条,并引《红楼梦》为始见书证。释义为:像海棠花那样的淡粉红色。用例为:那芳官只穿着海棠红的小棉袄。(五十八/804)

【黑色】《大词典》(12·1322)"黑"字下无此词条。《订补》(1367)"黑"字下亦无补。

按:"黑色",清《五体清文鉴·彩色类》有记载②;流传至现当代,更是具有强大的生命力,用例众多,且已被纳入《现汉典》。《大词典》收录有"黑色素""黑色火药""黑色金属"等一系列词语;释义中经常出现"黑色",如:"黑土"(12·1322):黑色的土壤。"黑牛"(12·1323)义项①:黑色的牛。增补"黑色"为词条,并引《红楼梦》为书证。释义为:黑的颜色。用例为:黑色羊皮六十三张。(一〇五/1425)

【红赤】《大词典》(9·702)"红"字下无此词条。《订补》(1094)"红"字下亦无补。

按:"红赤",《水浒传》第四十四回有用例:"他原是盖天军襄阳府人氏,姓邓名飞,为他双睛红赤,江湖上人都唤他做火眼狻猊。"现当代文学作品中也有诸多用例,如陈忠实《白鹿原》:"鹿三噌地一声站起来,满脸红赤着说:'嘉轩你把话说到这一步,我也有话要给娃们敲明叫响。'"增补"红赤"为词条,并引《红

---

① 参见李斌:《清抄本〈布经〉中的植物染料及其染色工艺》,第14页。

② 古文义、马宏武、冯迎福摘编:《御制五体清文鉴》,《汉藏文鉴专辑》,青海民族出版社1990年版,第435页。

楼梦》为书证之一。释义为:很红。用例为:只见黛玉肝火上炎,两颧红赤。
(九十七/1339)

【红青】 《大词典》(9·702)"红"字下无此词条。《订补》(1094)"红"字下
亦无补。

按:"红青"是清代常见的颜色词。《五体清文鉴·彩色类》记载有"红
青"①;《扬州画舫录》曰:"青有红青,为青赤色,一曰鸦青。"②《儿女英雄传》
第十二回:"张太太早进院门,只见他着一件簇簇新的红青布夹袄,左手攥着
烟袋荷包,右手攥着一团蓝绸绢子。"现当代文学作品中也有诸多用例,如老
舍《赵子曰》第六章:"他应节当令的选了一件葡萄灰色华丝葛面,薄骆驼绒
里子的大袄,和一件'时兴的老花样'的红青团龙宁绸马褂。"增补"红青"为
词条,并引《红楼梦》为始见书证。释义为:略微泛红的深蓝色。用例为:当
时芳官满口嚷热,只穿着一件玉色红青酡绒三色缎子斗的水田小夹袄。(六
十三/867)

【红色】 《大词典》(9·702)"红"字下无此词条。《订补》(1094)"红"字下
亦无补。

按:根据乾隆十九年至四十年间染作档案,共统计出 40 个颜色名称,其中
就有"红色"③。流传至现当代,更是具有强大的生命力,用例众多,且已被纳入
《现汉典》。《大词典》释义中经常出现"红色",如:"红巾"(9·703)义项①:红
色巾帕。"红雨"(9·706)义项①:红色的雨。增补"红色"为词条,并引《红楼
梦》为书证。释义为:红的颜色。用例为:贾环看了一看,果然比先的带些红
色,闻闻也是喷香。(六十/820)

【红晕】 《大词典》(9·702)"红"字下无此词条。《订补》(1094)"红"字下
亦无补。

按:"红晕"仅在《红楼梦》中就有 5 例;流传至现当代,更是具有强大的生
命力,用例众多,且已被纳入《现汉典》。增补"红晕"为词条,并引《红楼梦》为

---

① 古文义、马宏武、冯迎福摘编:《御制五体清文鉴》,第 434 页。
② 李斗著;王军评注:《扬州画舫录》(插图本),第 18 页。
③ 王业宏、刘剑、童永纪:《清代织染局染色方法及色彩》,《历史档案》,2011 年第 2 期,第
126 页。

始见书证。释义为:中心浓而四周渐淡的一团红色。用例为:金桂听了这话,两颧早已红晕了。(九十一/1264)

【绛红】《大词典》(9·828)"绛"字下无此词条。《订补》(1110)"绛"字下亦无补。

按:"绛红",《金瓶梅词话》第七十八回有用例:"迷魂阵上闪出一员酒金刚,色魔王,头戴肉红盔,锦兜鍪,身穿乌油甲、绛红袍。"现当代文学作品中也有诸多用例,如路遥《平凡的世界》:"草原上的落日又红又大,把山、湖、原野都染成了一片绛红。""绛红"还出现在《大词典》(9·831)"绛韝"的释义中:绛红色臂套。增补"绛红"为词条,并引《红楼梦》为书证之一。释义为:深红色。用例为:看时,绛红的,也太不成茶。(七十七/1085)

【净白】《大词典》(5·1178)"净"字下无此词条。

按:"净白"已流传至现当代,如周立波《山乡巨变》:"我那回扯的,是种净白条子的花哗叽,布料不算好,颜色倒是正配她这样年纪。"增补"净白"为词条,并引《红楼梦》为始见书证。释义为:纯净的白色。用例为:从荣府大门起至内宅门扇扇大开,一色净白纸糊了。(一一〇/1476)

【藕合色】《大词典》(9·599)"藕"字下无此词条。《订补》(1086)"藕"字下亦无补。

按:《大词典》(9·599)所收"藕合"词条,最后引例是《花城》1981年第6期:"她穿了一套优雅、文馨的藕荷色上海时装。"将"藕荷色"等同于"藕合",不妥当。而且"藕合色"在现当代文学作品中已有多例。如冰心《寄小读者》:"藕合色的小蝴蝶。"海岩《永不瞑目》:"面对着眼前雪白的细瓷餐具,熨烫过的藕合色餐巾,盘子里一份精致的配菜煎蛋,和杯子里香气扑鼻的哥伦比亚咖啡,欧阳兰兰仿佛又找回了自己的往昔。"增补"藕合色"为词条,并引《红楼梦》为始见书证。释义为:亦作"藕荷色",深紫绿色。用例为:一面早有熙凤命人送了一顶藕合色花帐,并几件锦被缎褥之类。(三/51)

【茄色】《大词典》(9·358)"茄"字下无此词条。

按:"茄色"已流传至现当代,如廉声《月色狰狞》:"这块茄色绸料看去质地不错,花纹似乎与素常见的不同。"增补"茄色"为词条,并引《红楼梦》为始见书证。释义为:茄紫色。用例为:(宝玉)只穿一件茄色哆罗呢狐皮袄子。(四十九/663)

【微红】 《大词典》(3·1049)"微"字下无此词条。《订补》(378)"微"字下
亦无补。

按:"微红",《金瓶梅词话》第三回、七十二回有用例:"武大入屋里,看见老
婆面色微红。""〔七兄弟〕醉烘,玉容,晕微红。"现当代文学作品中也有诸多用
例,如鲁迅《彷徨》:"我忽而看见他眼圈微红了,但立即知道是有了酒意。"增补
"微红"为词条,并引《红楼梦》为书证之一。释义为:稍微有点红的颜色。用例
为:宝玉看见袭人两眼微红,粉光融滑。(十九/257)

【杨妃色】 《大词典》(4·1170)"杨"字下无此词条。《订补》(529)"杨"字
下亦无补。

按:《大词典》(4·280)收录"妃色"时将"杨妃色"作为附条,释义为:即绯
色,淡红色。"妃",通"绯"。亦称杨妃色。"妃色""杨妃色",均未提供书证。
《汉语大词典·凡例》:"亦称,表明同实异名的名物词的另一名称。"一般用"亦
称'乙'"与"见'甲'"或"亦省作'乙'"与"见'甲'"的双向关联方式。二者都表
示甲乙两条为同源典故,后者并表示乙为甲的简称。① 据此,《大词典》将同实
异名的"杨妃色"与"妃色"的主与次弄错了,"杨妃色"应该是主条,作为其简称
的"妃色"应该是附条。而且"杨妃色"在清曾朴《孽海花》中有用例:"内有一花
独居高座,花大如斗,作浅杨妃色,娇艳无比。"增补"杨妃色"为主条,改"妃色"
为附条,并引《红楼梦》为始见书证。释义为:淡红色。亦省作妃色。用例是:
(黛玉)腰下紧着杨妃色绣花棉裙。(八十九/1246)

【紫绛】 《大词典》(9·813)"紫"字下无此词条。《订补》(1109)"紫"字下
亦无补。

按:清《雪宧绣谱》记载有"紫绛"②。现当代文学作品中也有用例,如沈从
文《老伴》:"靠岸停泊时正当傍晚,紫绛山头为落日镀上一层金色,乳色薄雾在
河面流动。"增补"紫绛"为词条,并引《红楼梦》为始见书证。释义为:紫红色。
用例为:宝玉走到里间门口,看见新写的一付紫绛泥金云龙笺的小对。(八十
九/1245)

---

① 罗竹风:《汉语大词典·凡例》,汉语大词典出版社1986年版,第10—11页。
② 沈寿口述;张謇整理;王逸君译注:《雪宧绣谱图说》,第115页。

三、可为《大词典》提前书证时代的颜色词

《大词典》所收颜色词条中,存在着书证滞后的情况。《红楼梦》可为《大词典》提前书证时代的颜色词有5个:

【碧绿】《大词典》(7·1074)义项②:"青绿色。亦指绿色的柳条。"首引晋傅玄《瓜赋》:"敷～之纯采,金华炳其朗明。"次引唐张碧《游春引》之三:"千条～轻拖水,金毛泣怕春江死。"最后引刘白羽《长江三日》:"近处山峦,则～如翡翠。"按:《大词典》首引《瓜赋》所用"碧绿"与"华炳"相对而言,为名物词而非颜色词;次引《游春引》"碧绿"以物喻色,"指碧绿色的柳条";仅最后所引《长江三日》"碧绿"才指"青绿色",书证时代滞后。增补《红楼梦》为"碧绿"之"青绿色"义的书证,用例是:连地下踩的砖,皆是碧绿凿花。(四十一/556)

【灰】(7·24)义项⑨:"介于黑色与白色之间的一种颜色。"首引清黄遵宪《潮州行》:"虎口脱余生,惊喜泣相语……扶床面色～,谬言不畏惧。"次引周立波《暴风骤雨》第二部六:"他的脸上～一阵,白一阵,汗珠滴滴嗒嗒往下掉。"按:"灰","本指灰烬,其抽象颜色意义始见于汉代文献①;《大词典》首引晚清诗人黄遵宪诗,书证时代偏晚。《红楼梦》中就有12例,如"灰鼠""灰狐""洋灰皮"等。另:《大词典》所引两例都是用以形容"脸""面"之"灰";增补《红楼梦》用以形容"鼠"或"狐"之"灰",能增强《大词典》用例的多样性与丰富性。

【青黄】(11·537)义项①:"又指黄中带青。形容不健康的脸色。"唯一例证张天翼《仇恨》:"每张～的脸上没了先前的兴奋。"按:增补《红楼梦》为《大词典》"青黄"词条的始见书证,用例是:只见紫鹃在外间空床上躺着,颜色青黄。(九十七/1340)

【水绿】(5·883):"浅绿色。"唯一例证茹志鹃《百合花》:"两边地里的秋庄稼,却给雨水冲洗得青翠～,珠烁晶莹。"按:增补《红楼梦》为《大词典》"水绿"词条的书证之一,用例是:只见他(鸳鸯)穿着半新的藕合色的绫袄,青缎掐牙背心,下面～裙子。(四十六/615)另:崇祯《松江府志》认为"染色之变"中,"初有沉绿、柏绿、油绿,今为水绿、豆绿、兰色绿"②。《御制五体清文鉴》,其所

---

① 姚小平:《基本颜色调理论述评——兼论汉语基本颜色词的演变史》,第26页。
② 方岳贡修;陈继儒纂:《(崇祯)松江府志》,书目文献出版社1991年版,第186页。

收录的"彩色类"词语中也有"水绿"①。

【铁青】（11·1404）："青黑色。常形容人矜持、恐惧、盛怒或患病时发青的脸色。也表示脸色发青。"首引鲁迅《呐喊·狂人日记》："前面一伙小孩子，也在那里议论我，眼色也同赵贵翁一样，脸色也都～。"次引沙汀《凶手》："而断腿天兵呢，他却～了脸，颤抖着膝盖，依轮次去履行他的入伍手续去了。"最后引周而复《上海的早晨》第四部五九："林宛芝给问的答不上话来，红润润的脸蛋顿时气得～。"按：增补《红楼梦》为《大词典》"铁青"词条的始见书证，用例是：薛蟠自骑一匹家内养的～大走骡。（四十八/642）另：《大词典》释"铁青"所引三例都是用以形容"脸""脸蛋"或"脸色"；增补《红楼梦》用以形容"大走骡"之"铁青"，能增强用例的多样性与丰富性。

四、可为《大词典》增补、替换书证的颜色词

"例证是词典的内瓤，对了解词义及其用法等起着直观的展示和证明的作用。"②《大词典》"立目最初的要求是，凡有词目，必须要有用例"③。尽管要求如此，《大词典》所收颜色词条中仍然存在着有词目而无书证、书证不丰富、书证欠妥当等情况。《红楼梦》可为《大词典》增补、替换书证的颜色词有7个：

【白】（8·163）义项④："使白。"首引《史记·孙子吴起列传》："马陵道狭，而旁多阻隘，可伏兵，乃斫大树～而书之曰：'庞涓死于此树之下。"次引宋岳飞《满江红》词："莫等闲、～了少年头，空悲切。"最后引清纳兰性德《临江仙·永平道中》词："曾记年年三月病，而今病向深秋。卢龙风景～人头，药炉烟里，支枕听河流。"按：《大词典》所引后两例均为"白""头"；将其最后引例替换为《红楼梦》中"白""脸"用例，可增强引例的多样性与丰富性：丫头听了，气～了脸。（七十一/981）

【靛青】（11·577）义项②："深蓝色。"首引清潘荣陛《帝京岁时纪胜·皇都品汇》："～梭布，陈庆长细密宽机；羽缎毡毡，伍少西大洋青水。"次引高云览

① 古文义、马宏武、冯迎福摘编：《御制五体清文鉴》，第435页。
② 江蓝生：《一次全面深入的修订——〈汉语大词典〉第二版第一册管窥》，《辞书研究》，2019年第4期，第3页。
③ 虞万里：《〈汉语大词典〉编纂琐忆》，《辞书研究》，2012年第2期，第13页。

《小城春秋》第二一章:"他把一套～的短衫裤,连同草笠草鞋,都脱下来给剑平换上。"按:《大词典》释"靛青"之"深蓝色"义,所引两例都是用以形容"布"或"衫裤";替换首引为《红楼梦》用以形容"头"之"靛青",可增强用例的多样性与丰富性。用例是:这裤子配着松花色袄儿,石青靴子,越显出这～的头,雪白的脸来了。(七十八/1096)

【豆绿】(9·1344):"像青豆一样的绿色。参见'豆青。'"按:"豆绿",《大词典》无例证,为其增补《红楼梦》为书证;用例是:裙边系着～宫绦双衡比目玫瑰佩。(三/40)

【猩】(5·85)义项②:"指鲜红色。参见'猩色'。"按:"猩",《大词典》无例证,为其增补《红楼梦》为书证;用例是:俄而大轿抬着一个乌帽～袍的官府过去。(一/19)

【胭脂】(6·1244):"亦作'臙脂'。一种用于化妆和国画的红色颜料。亦泛指鲜艳的红色。"首引唐杜甫《曲江对雨》诗:"林花着雨臙脂湿,水荇牵风翠带长。"次引《敦煌曲子词·柳青娘》:"故着～轻轻染,淡施檀色注歌唇。"再引金元好问《同儿辈赋未开海棠》之一:"翠叶轻笼豆颗均,臙脂浓抹蜡痕新。"明张景《飞丸记·坚持雅操》:"我情愿甘劳役,思量忍命穷,拚得臙脂委落如云鬘。"清孙枝蔚《后冶春次阮亭韵》:"梨花独自洗～,虢国夫人别样姿。"最后引杨朔《走进太阳里去》:"张眼一望,遍地都是齐腿腕子深的小麦,麦稍上平涂着一层～色的朝阳。"按:"胭脂",《大词典》所引六例,前五例都是用作名物义,即"一种用于化妆和国画的红色颜料";最后一例准确说是"胭脂色"而不是"胭脂"用来"亦泛指鲜艳的红色"。用《红楼梦》替换最后书证《走进太阳里去》,用例是:况且他(香菱)眉心中原有米粒大小的一点～癣,从胎里带来的,所以我却认得。(四/60)或者是:一碟腌的～鹅脯。(六十二/858)

【银】(11·1275)义项⑤:"像银子的颜色。如～河、～耳、～鱼。"按:"银",《大词典》无书证,可为其增补《红楼梦》为书证;用例是:两边石栏上,皆系水晶玻璃各色风灯,点的如～花雪浪。(十七、十八/237)

【皂】(8·247):"亦作'皁'"。义项③:"黑色。"首引《史记·五宗世家》:"是以每相、两千石至,彭祖衣皁布衣,自行迎,除二千石舍。"次引《晋书·舆服志》:"衣皁上,绛下,前三幅,后四幅。"按:"皂",《大词典》仅提供汉、唐两代的用例,书证数量不足,无法为其"黑色"义提供从古至今的较为连贯的面貌和轨迹。可增补《红楼梦》为书证,用例是:一位捧着七星~旗。(一〇二/1396)

第二节 《红楼梦》所见近代汉语新产生的颜色义

一、可为"二典"增补的颜色义项

【翠】 (形容发、眉)黑。用例:眉不画而~。(二十八/389)"二典""翠"字下均未收录此义项。

【佛青】 (1·1288):"即群青。一种深蓝色的无机颜料。用于染布、印刷或做油漆原料。"唯一例证引自《儿女英雄传》第四回:"他先挽了挽袖子,把那佛青粗布衫子的衿子往一旁一缅……就势儿用右手轻轻一撂,把那块石头就撂倒了。"按:"佛青",《大词典》义项内容与书证不匹配:"一种深蓝色的无机颜料"为名物义,所引书证"佛青粗布衫子"之"佛青"是"深蓝色"的颜色义。增补颜色义项:深蓝色。用例:《红楼梦》第九十回:"一件~银鼠褂子,包好叫人送去。"或仍用《儿女英雄传》第四回引例。同时为名物义项"一种深蓝色的无机颜料"另选书证。

【红】 使……变红。用例:宝玉~涨了脸,把他的手一捻。(六/90)"二典""红"字下有义项"呈现红色;变红",在此基础上增加该义项。

【红紫】 红得发紫。用例:贾政一见,眼都~了。(三十三/443)按:《大词典》(9·711):①红色与紫色。②红花与紫花。与本例义别。

【黄】 使……变黄。用例:金荣气~了脸。(九/137)"二典""黄"字下均未收录此义项。

【柳黄】 (4·927)义项②:"颜色名。"首引明陶宗仪《辍耕录·写像诀》:"凡调和服饰器用颜色者……柳黄,用粉入三绿标,并少藤黄合。"次引《红楼梦》第三五回:"宝玉道:'松花色配什么?'莺儿道:'松花配桃红……葱绿、柳黄可倒还雅致。'"按:《大词典》所释"颜色名"之"颜色",指的是"颜料或染料","颜色名"为名物义项。可为"柳黄"增补颜色义项:像柳叶初生时那样的嫩黄色;引《红楼梦》为始见书证。

按:与"佛青""柳绿""柳黄"同类的"石青",《大词典》(7·985)分设名物与颜色两个义项:①蓝色的矿物质(蓝铜矿)颜料。②如同石青的一种蓝色。(书证略)同类型的词语,义项设置应该要保持同一性。

【柳绿】 (4·930):"颜色名。"唯一书证为明陶宗仪《辍耕录·写像诀》:"凡调和服饰器用颜色者:绯红,用银朱紫花合。桃红,用银朱燕支合。肉红,用粉为主,入燕支合……~,用枝条绿入槐花合。"按:可为"柳绿"增补颜色义项:像柳叶那样的嫩绿色。用例:当时芳官满口嚷热,只穿着一件玉色红青酡绒三色缎子斗的水田小夹袄,束着一条柳绿汗巾。(六十三/867)

【素白】 素净的白色。用例:尤二姐一看,只见头上皆是素白银器。(六十八/939)按:《大词典》(9·732)义项②:洁白明亮。唯一例证萧红《生死场》十五:"女人们一进家屋,屋子好像空了;房屋好像修造在天空,素白的阳光在窗上,却不带来一点意义。"按:贾琏于国孝家孝两重重孝中,偷娶尤二姐。王熙凤趁着贾琏外出面见尤二姐时,所穿所戴皆有深意。如头上银器之"素白",为丧葬服饰之色,"素净的白色",有别于《大词典》书证中"素白"阳光的"洁白明亮"。可为《大词典》"素白"增补义项:素净的白色,并引《红楼梦》为书证。

【紫】 使……变紫。用例:贾环便急得~涨了脸。(九十四/1304)"二典""紫"字下均未收录此义项。

二、可为"二典"完善的颜色义项

【白】 《大字典》(5·2828)义项②:"古代丧服的颜色,后因以为丧事的代称。"首引《周礼·春官·保章氏》:"以五云之物,辨吉凶,水旱降丰荒之祲象。"汉郑玄注引郑思农云:"青为虫,~为丧,赤为兵荒,黑为水,黄为丰。"再引《红楼梦》第六十四回:"那个青东西,除族中或亲友家夏天有~事才带的着,一年遇着带一两遭,平常又不犯做。如今那府里有事,这是要过去天天带的。"《大词典》(8·163)义项③:"汉民族传统丧服的颜色。因以指丧事。"首引书证同《大字典》。次引《红楼梦》第十四回:"来至宁府大门首,门灯朗挂,两边一色绰灯照如白昼,~汪汪穿孝家人两行侍立。"再引鲁迅《彷徨·孤独者》:"聚议之后,大概商定了三大条件,要他必行。一是穿~,二是跪拜,三是请和尚道士做法事。"最后引《新华文摘》1983年第3期:"母亲生来胆大……每次去帮人家办红白喜事,她都不叫我去,我却要想尽方法跟去看热闹。"按:根据《红楼梦》用例:我昨夜作了一个梦,梦见杏花神和我要一挂～纸钱。(五十八/801)尤二姐一看,只见头上皆是素白银器,身上月白缎袄,青缎披风,～绫素裙。(六十八/939))李纨道:"底下人的只得雇,上头～车也有雇的么?"(一一〇/1484)"白"不只是表示汉民族传统丧服的颜色,还可以表示丧葬所用车、纸钱等器用的颜色。"二典""白"之"古代丧服的颜色""汉民族传统丧服的颜色"义项,可完善为:汉民族传统丧葬的颜色。另外,《大词典》所引《红楼梦》例证是"白汪汪"而不是"白",欠妥当。可替换为上文《红楼梦》第六十八回用例。

【碧青】(7·1068)义项③:"形容白里泛青的脸色。多由人情绪紧张等引起。"首引《官场现形记》第二一回:"后来署院见他面色～,便说他嗜好(指吸鸦片烟)太深,难期振作。"次引郭沫若《虎符》第一幕:"那青年琴师本来是一位酒徒,后来却是见了酒就害怕,见了酒就脸色～,全身发战。"按:根据《红楼梦》用例:又命将周围短发剃了去,露出～头皮来。(六十三/877)《大词典》"碧青"之义项③可完善为:形容白里泛青的头皮色或脸色。始见书证由《官场现形记》替换为《红楼梦》。

【碧荧荧】(7·1073):"形容光色青绿而闪烁。"首引元侯克中《醉花阴》套曲:"锦帏绣幪冷清清,银台画烛碧荧荧。"次引明朱有燉《香囊怨》第二折:"我如今实丕丕帐冷云屏,碧荧荧灯残短檠,宽绰绰纽松方胜。"最后引《花城》1981年第4期增刊:"机上指示灯一闪一闪的发着翡翠般的碧荧荧的绿光。"按:"碧荧荧",《大词典》所引三例均与"烛""灯"等"光色"相关;《红楼梦》则用以形容"米饭"之色。《大词典》"碧荧荧"释义可完善为:形容颜色青绿而闪烁。《红楼梦》替换次引或增补为书证之一:并一大碗热腾腾碧荧荧蒸的绿畦香稻粳米饭。(六十二/858)

【松绿】(4·876):"松花绿。"首引例证源自《红楼梦》第四十回:"那个软烟罗只有四样颜色:一样雨过天晴,一样秋香色,一样～的,一样就是银红的。"按:《大词典》同时收录"松花绿""松绿",且首引例证均来自《红楼梦》。但将"松绿"释义为"松花绿",不确。因为"松花"是黄色,是人都能感知,"松花绿"很有可能是《红楼梦》早期抄本传抄时的一种误用。《大词典》"松绿"可是释义为:像松叶那样的青绿色。

下编

《红楼梦》颜色词词典

凡　例

1. 本词典收释见于《红楼梦》的颜色词。

2. 本词典收列颜色词的标准从严,像"雨过天晴"这样的颜色语不收录。

3. 词条按首字音序排列,并加注汉语拼音。声调只注本调,不注变声和轻声。

4. 释义只针对《红楼梦》的用法,不见于《红楼梦》者不列。

5. 每个义项下注明《红楼梦》总用例数,后四十回用例数;酌引其中一至四条(必要时可多于四条),释义和用例数、引例之间用"|"隔开,例句后加括号依次注明回目数和页码,用"/"隔开。引例一律取自"红校本"。

6. 凡只出现在后 40 回的颜色词,词目的右上角标上＊为标记。

6. 本词典设 比较 一栏,以冯其庸先生主编《脂砚斋重评石头记汇校汇评》(简称《汇校汇评》)为主要参照,对颜色词异文加以比较,并注明页码,以便复核(《汇校汇评》为 30 卷本,卷次和页码之间用"·"隔开)。用于比较的版本共十三种:北京大学图书馆藏抄本《脂砚斋重评石头记》(庚辰秋月定本,简称庚辰本)、北京图书馆和中国历史博物馆分藏的抄本《脂砚斋重评石头记》(己卯冬月定本,简称己卯本)、上海博物馆藏胡适原藏抄本《脂砚斋重评石头记》(甲戌抄阅再评本,简称甲戌本)、北京图书馆藏蒙古王府旧藏抄本《石头记》(简称蒙府本)、有正书局石印戚蓼生序本《石头记》(简称戚序本)、南京图书馆藏戚蓼生序本《石头记》(简称戚宁本)、俄罗斯科学院东方学研究所圣彼得堡分所藏抄本《石头记》(原简称列藏本,今仍其旧)、中国社会科学院文学研究所藏抄本《乾隆抄本百廿回红楼梦稿》(简称杨藏本)、首都图书馆藏吴晓玲原藏舒元炜序抄本《红楼梦》(简称舒序本)、北京图书馆藏梦觉主人序抄本《红楼梦》(简称甲辰本)、北京图书馆藏乾隆五十六年辛亥萃文书屋木活字本《新镌绣像红楼梦》(简称程甲本)、北京图书馆藏郑振铎原藏残抄本《红楼梦》(简称郑藏本)、卞亦文藏残抄本《红楼梦》(简称卞藏本)。

7.本词典确定颜色词词义以《汉语大字典》《汉语大词典》《现代汉语词典》(简称《大字典》《大词典》《现汉典》,有时也合称"三典")为主要参照,每个义项下均引述"三典"相应条目的有关资料,并注明页码,以便复核(《大字典》为9卷本,《大词典》为12卷本,其后均加括号注明卷次和页码、用"·"隔开;《现汉典》为第7版,其后加括号注明页码);有时也参考《汉语大词典订补》(简称《订补》),其后加括号注明页码);同时广参前修时贤的有关论著。必要时用"参看"引出参考文献。凡有考辨,均于相关条目下加按语说明之。

8.引例中凡遇被释词,一律用"～"号代替。

A

【皑皑】 ái'ái 形 雪白的样子。|仅1例:～轻趁步,剪剪舞随腰。(五十/670)

《大词典》(8·274):"雪白的样子。"首引《意林》卷一引《太公金匮·书刀》:"刀利～,无为汝开。"次引《晋书·后妃传上·左贵嫔》:"风骚骚而四起兮,霜～而依庭。"再引唐吕岩《七言》:"晚醉九岩回首望,北邙山下骨～。"最后引陈其通《万水千山》第二场:"乌云密布,雪山～。"

《现汉典》(4):"形 形容霜、雪洁白:白雪～。"

B

【白】 bái① 形 像雪一般的颜色。|共110例,其中后四十回19例。咱们红刀子进去～刀子出来!(七/114)黄花满地,～柳横坡。(十一/154)一盏四角平头～纱灯。(二十二/301)掏出十个纸铰的青脸～发的鬼来。(二十五/341)活～兔四对。(五十三/720)不知怎么弄出这怪俊的～霜儿来。(六十/829)腰下系一条淡墨画的～绫裙。(一〇九/1470) 比较 例1中"白",甲戌本、蒙府本、戚序本、戚宁本、列藏本、舒序本、甲辰本、程甲本、卞藏本作"红"(3·

01545—01546）。例2中"白"，戚序本、戚宁本作"绿"（4·02183）。例3中"白"，蒙府本、程甲本作"雪白"（21·13112）。例4中"白"，甲戌本、蒙府本、列藏本、杨藏本作"红"（9·05218）。例5中"白"，蒙府本、戚序本、戚宁本作"黑"（18·11298）。例6中"白"，蒙府本、戚序本、戚宁本作"黑"（18·11298）。

《大字典》（5·2828）义项①："像霜雪一样的颜色。"首引《论语·阳货》："不曰～乎？涅而不缁。"何晏注："孔曰：'至～者，染之于涅而不黑。'"次引唐李白《嘲王历阳不肯饮酒》："地～风色寒，雪花大如手。"最后引毛泽东《减字木兰花·广昌路上》："漫天皆～，雪里行军情更迫。"

《大词典》（8·163）义项①："像雪一般的颜色。"首引《易·贲》："上九，～贲，无咎。象曰：～贲无咎，上得志也。"王弼注："以～为饰，而无患忧，得志者也。"次引《管子·揆度》："其在色者，青、黄、～、黑、赤也。"再引唐李白《浣纱石上女》诗："玉面邪溪女，青娥红粉妆。一双金齿屐，两足～如霜。"最后引鲁迅《集外集·他们的花园》："用尽小心机，得了一朵百合；又～又光明，像才下的雪。"

《现汉典》（23）义项①："[形]像霜或雪的颜色（跟'黑'相对）。"无例证。

②汉民族传统丧葬的颜色。｜共6例，其中后四十回1例。我昨夜作了一个梦，梦见杏花神和我要一挂～纸钱。（五十八/801）尤二姐一看，只见头上皆是素白银器，身上月白缎袄，青缎披风，～绫素裙。（六十八/939）李纨道："底下人的只得雇，上头～车也有雇的么？"（一一〇/1484）

《大字典》（5·2828）义项②："古代丧服的颜色，后因以为丧事的代称。"首引《周礼·春官·保章氏》："以五云之物，辨吉凶，水旱降丰荒之褪象。"汉郑玄注引郑思农云："青为虫，～为丧，赤为兵荒，黑为水，黄为丰。"再引《红楼梦》第六十四回："那个青东西，除族中或亲友家夏天有～事才带的着，一年遇着带一两遭，平常又不犯做。如今那府里有事，这是要过去天天带的。"

《大词典》（8·163）义项③："汉民族传统丧服的颜色。因以指丧事。"首引书证同《大字典》。次引《红楼梦》第十四回："来至宁府大门首，门灯朗挂，两边一色绰灯照如白昼，～汪汪穿孝家人两行侍立。"再引鲁迅《彷徨·孤独者》："聚议之后，大概商定了三大条件，要他必行。一是穿～，二是跪拜，三是请和尚道士做法事。"最后引《新华文摘》1983年第3期："母亲生来胆大……每次去帮人家办红～喜事，她都不叫我去，我却要想尽方法跟去看热闹。"

《现汉典》(23)义项⑨:"有关丧事的:～事。"

按:《大词典》所引《红楼梦》例证是"白汪汪"而不是"白",欠妥当。可补《红楼梦》第六十八回(见上文)为书证。

③ 动 使……变白。|仅1例:丫头听了,气～了脸。(七十一/981)

《大词典》(8·163)义项④:"使白。"首引《史记·孙子吴起列传》:"马陵道狭,而旁多阻隘,可伏兵,乃斫大树～而书之曰:'庞涓死于此树之下。'"次引宋岳飞《满江红》词:"莫等闲、～了少年头,空悲切。"最后引清纳兰性德《临江仙·永平道中》词:"曾记年年三月病,而今病向深秋。卢龙风景～人头,药炉烟里,支枕听河流。"

按:《大词典》所引后两例均为"白""头",而《红楼梦》为"白""脸",可用此例替换《大词典》最后一例,以丰富用例的多样性。

《大字典》《现汉》未收录此义项。

【白花花】 báihuāhuā 形 白得耀眼。|共3例:银库上按数发出三个月的供给来,～二三百两。(二十三/309)马道婆看看～的一堆银子,又有欠契,并不顾青红皂白,满口里应着。(二十五/341)眼见得～的银子,只是不能到手。(九十九/1360)

《大词典》(8·175):"形容很白;雪白。"首引《红楼梦》第九九回(见上文)。次引杜鹏程《在和平的日子里》第四章:"他两股～的眉毛往下一低,两个眼窝显得很深。"

《现汉典》(24):"(～的)形 状态词。白得耀眼:～的银子|收棉季节,地里一片～的。"

【白净】 báijìng 形 白而洁净。|仅1例:一面看那丫头,虽不标致,倒还～。(十九/255)

《大词典》(8·182):"见'白净'。"

《大词典》(8·186)"白净":"亦作'白净'。洁白,干净。"首引《水浒传》第十回:"五短身材,白净面皮,没甚髭须,约有三十余岁。"次引《老残游记》第二回:"瓜子脸儿,白净面皮,相貌不过中人以上之姿。"最后引老舍《骆驼祥子》九:"就是脚下这座大白石桥,也显着异常的空寂,特别的～,连灯光都有点凄凉。"

《订补》(950)"白净":"洁白;干净。"《修行本起经·菩萨降身品》:"面光如满月,色像花初开。是以眉间毫,白净如明珠。"北魏贾思勰《齐民要术·饧铺》:"煮白饧法……用不渝釜,渝则饧黑。"按:第二例未用"白净"一词,有误。

《现汉典》(25):"形 白而洁净:皮肤～。"

【白腻】báinì 形 白净而细腻。|仅1例:宝玉便把脸凑在他脖项上,闻那香油气,不住用手摩挲,其～不在袭人之下。(二十四/319)

《大词典》(8·211)义项①:"白净而细腻。"首引明李时珍《本草纲目·果二·银杏》:"其树耐久,肌理～,术家取刻符印,云能召使也。"次引清沈复《浮生六记·浪游记快》:"余假传母命,呼之入内,握其腕而睨之,果丰颐～。"

《现汉典》未收此词。

【白漫漫】 báimànmàn 形 形容一大片白色。|仅1例:只这四十九日,宁国府街上一条～人来人往,花簇簇官去官来。(十三/175)比较 例中"白漫漫",舒序本作"白茫茫"(4·02487)。

《大词典》(8·206)释义:"形容一大片白色。"首引明无名氏《宫词》曲:"登楼倚阑看暮景,～天阔云平。"次引《红楼梦》第十三回(见上文)。再引《再生缘》第二十回:"红艳艳,桃李争春迎旭日;～,梨花开傍粉墙边。"最后引瞿秋白《赤都心史》五:"天天是凄清惨淡的天色,一片～的青影,到底使人烦闷。"

《现汉典》未收此词。

【白茫茫】 báimángmáng 形 形容一望无边的白。|共2例:好一似食尽鸟投林,落了片～大地真干净!(五/86)贾政还欲前走,只见～一片旷野,并无一人。(一二〇/1592)

《大词典》(8·183)释义:"形容一片白色。"首引前蜀花蕊夫人《宫词》之八:"三面宫城尽夹墙,苑中池水～。"次引明李日华《南西厢记·北堂负约》:"～水溢蓝桥,扑簌簌把比目鱼分破。"再引《红楼梦》第一二〇回(见上文)。最后引巴金《家》一:"雪片愈落愈多,～地布满在天空中。"

《现汉典》(25):"(～的)形 状态词。形容一望无边的白(用于云、雾、雪、大水等):雾很大,四下里～的|辽阔的田野上铺满了积雪,～的一眼望不到尽头。"

103

【白汪汪】 báiwāngwāng 形 形容一大片白色。|仅 1 例:大门上门灯朗挂,两边一色戳灯,照如白昼,～穿孝仆从两边侍立。(十四/184) 比较 例中"白汪汪",甲戌本作"白茫茫"(5·02604)。按:释义参照"白漫漫"。

《大词典》《现汉典》均未收录此词。

【宝蓝】* bǎolán 形 鲜亮的蓝色。|仅 1 例:一条～盘锦镶花绵裙。(九十/1256)

《大词典》(3·1655)释义:"鲜亮的蓝色。"首引《儒林外史》第一回:"一个穿～夹纱直裰,两人穿元色直裰。"次引闻一多《青春》诗:"青春象只唱着歌的鸟儿,已从残冬窟里闯出来,驶入～的穹窿里去了。"最后引李季《柴达木小唱》诗:"镶着银边的尕斯库勒湖,湖水中映照着～的天。"

《现汉典》(45)释义:"形 鲜亮的蓝色。"无例证。

【碧】 bì 青绿色。|共 18 例,均在前八十回。作酸笋鸡皮汤,宝玉痛喝了两碗,吃了半碗～粳粥。(八/125)可喜你天生成百媚娇,恰便似活神仙离～霄。(二十八/385)宝钗又指他裙上一个～玉珮问道:"这是谁给你的?"(五十七/790) 比较 例 2 中"碧",甲戌本作"云"、杨藏本作"九"(10·05933);例 3 中"碧",蒙府本、程甲本作"璧"(20·12470)。

《大字典》(5·2613)义项②:"青绿色。如～霄;～竹;～瓦。"首引南朝宋刘义庆《世说新语·汰侈》:"(王)君夫作紫丝布步障,～绫里四十里,石崇作锦步障五十里以敌之。"次引唐李白《送孟浩然之广陵》:"孤帆远影～空尽,唯见长江天际流。"再引宋辛弃疾《鹧鸪天·东阳道中》:"山无重数周遭～,花不知名分外娇。"最后引《西游记》第十回:"行不数里,见一座～瓦楼台,真个壮丽。"

《大词典》(7·1067)义项②:"青绿色。"首引同《大字典》。次引唐柳宗元《溪居》诗:"来往不逢人,长歌楚天～。"再引前蜀韦庄《菩萨蛮》词:"春水～于天,画船听雨眠。"清纳兰性德《圣驾临江恭赋》:"却上妙高台,悠悠天水～。"最后引郭沫若《在新义州告别》诗:"鸭绿江流～,白头山颂谐。"

《现汉典》(73)义项②:"青绿色。～草|澄～。"

【碧绿】 bìlǜ 形 青绿色。|仅 1 例:连地下踩的砖,皆是～凿花。(四十一/556)

《大词典》(7·1074)义项②:"青绿色。亦指绿色的柳条。"首引晋傅玄《瓜赋》:"敷～之纯采,金华炳其朗明。"次引唐张碧《游春引》之三:"千条～轻拖水,金毛泣怕春江死。"最后引刘白羽《长江三日》:"近处山峦,则～如翡翠。"

《现汉典》(73):"形 状态词。形容浓绿色:～的荷叶|田野一片～。"

按:《大词典》首引《瓜赋》所用"碧绿"与"华炳"相对而言,为名物词而非颜色词;次引《游春引》"碧绿"以色代物,"指碧绿色的柳条";仅最后所引《长江三日》"碧绿"指"青绿色",书证偏晚。"碧绿",本指"碧玉",以物喻色,至迟元明时期已有颜色义用例。《水浒传》:"面阔眉浓须鬓赤,双睛～似番人。"

【碧青】 bìqīng 形 ①即青碧。青绿色。|仅1例:远远的几家人家作晚饭,那个烟竟是～,连云直上。(四十八/648) 比较 例中"碧青",程甲本作"青碧"(17·10202)。

《大词典》(11·549)"青碧"义项①:"青绿色。常用以形容山色、烟色、天色等。"首引宋惠洪《次韵李商老匡山道中望天池》:"庐山自高寒,青碧开晴天。"次引《红楼梦》第四八回:"远远的几家人家作晚饭,那个烟竟是青碧连云。"最后引鲁迅《呐喊·白光》:"空中青碧到如一片海,略有些浮云,仿佛有谁将粉笔洗在笔洗里似的摇曳。"

②形容白里泛青的头皮色。|仅1例:又命将周围短发剃了去,露出～头皮来。(六十三/877)

《大词典》(7·1068)义项③:"形容白里泛青的脸色。多由人情绪紧张等引起。"首引《官场现形记》第二一回:"后来署院见他面色～,便说他嗜好(指吸鸦片烟)太深,难期振作。"次引郭沫若《虎符》第一幕:"那青年琴师本来是一位酒徒,后来却是见了酒就害怕,见了酒就脸色～,全身发战。"

按:"碧青"除"形容白里泛青的脸色"外,还可以"形容白里泛青的头皮色"。

《现汉典》未收录此词。

【碧荧荧】 bìyíngyíng 形 形容颜色青绿而闪烁。|仅1例:并一大碗热腾腾～蒸的绿畦香稻粳米饭。(六十二/858) 比较 例中"碧荧荧",蒙府本、列藏本、甲辰本、程甲本作"碧莹莹",杨藏本作"碧荧"(22·13575)。

《大词典》(7·1073)释义:"形容光色青绿而闪烁。"首引元侯克中《醉花阴》套曲:"锦帏绣幙冷清清,银台画烛～。"次引明朱有燉《香囊怨》第二折:"我如今实丕丕帐冷云屏,～灯残短檠,宽绰绰纽松方胜。"最后引《花城》1981年第4期增刊:"机上指示灯一闪一闪的发着翡翠般的～的绿光。"

《现汉典》未收此词。

C

【苍】 cāng 青色(包括蓝色和绿色)。|共12例,其中后四十回3例。越想越伤感起来,也不顾～苔露冷,花径风寒,独立墙角边花阴之下,悲悲戚戚呜咽起来。(二十六/360)只见殿宇精致,彩色辉煌,庭中一丛翠竹,户外数本～松。(一一六/1543)

《大字典》(6·3483)义项①:"草色,引申为青黑色。"首引《诗·王风·黍离》:"悠悠～天,此何人哉!"毛传:"据远视之～～然,则称～天。"次引唐杜甫《可叹》:"天上浮云似白衣,斯须变换如～狗。"最后引毛泽东《菩萨蛮·大柏地》:"雨后复斜阳,关山阵阵～。"义项③:"浅青色。"《素问·阴阳应象大论》:"在色为～,在音为角。"王冰注:"～,谓薄青色。"

《大词典》(9·504)义项①:"青色(包括蓝色和绿色)"。首引《诗·秦风·黄鸟》:"彼～天者,歼我良人。"次引唐韩愈《条山苍》诗:"条山～,河水黄。"最后引陈其通《万水千山》第八幕:"狂风暴雨只能吹掉～松的一些枝叶。"

《现汉典》(127)义项①:"青色(包括蓝和绿):～松翠柏。"

【苍白】 cāngbái 形 灰白色。|共2例:自己的胡须将已～。(二十三/310)就是老太太心爱的丫头,这么胡子～了又作了官的一个大儿子,要了作房里人,也未必好驳回的。(四十六/613)比较 例2中"苍白",蒙府本作"都白";戚序本、戚宁本作"养白"(16·09629)。

《大词典》(9·505)义项①:"白而略微发青;灰白色。"首引唐柳宗元《寄韦珩》诗:"迩来气少筋骨露,～澌泪盈颠毛。"次引《儿女英雄传》第十四回:"原来华忠是个胖子,只因半百之年,经了这场大病,脸面消瘦,鬓发～。"最后引萧红《初冬》:"咖啡店的窗子在帘幕下挂着～的霜层。"

《现汉典》(127)："形①白而略微发青；灰白：脸色～｜～的须发。"

按："苍白"，用于脸色，指"白而略微发青"；用于须发，指"灰白色"。《红楼梦》中的"苍白"，用于形容"胡须""胡子"之色，释义为"灰白色"。

【赤】 chì 浅朱色。亦泛指红色。｜共 14 例，其中后四十回 3 例。只见～日当空，树阴合地，满耳蝉声，静无人语。(三十/411)(鸳鸯)自己反羞的面红耳～，又怕起来。(七十一/991)～金五十两。(一〇五/1425)

《大字典》(6·3738)义项①："红色。"首引《易·说卦》："乾为天，为圜……为大～。"孔颖达疏："为大～，取其盛阳之色也。"次引《素问·风论》："其色～。"王冰注："～者，心色也。"最后引宋陆游《记老农语》："霜清枫叶照溪～，风起寒鸦半天黑。"又浅红色。首引《易·困》："困于～绂。"次引《礼记·月令》："(天子)乘朱路，驾～骝。"孔颖达疏："色浅曰～，色深曰朱。'"

《大词典》(9·1156)义项①："浅朱色。亦泛指红色。"首引同《大字典》之《礼记·月令》例。次引汉班固《西都赋》："风毛雨血，洒野蔽天，平原～，勇士厉。"再引宋陆游《幽居》诗："迎霜南阜枫林～，饱雨西村菜甲青。"清方殿元《章贡舟中作歌》之五："江窄风移万山石，中天无云炎日～。"最后引毛泽东《菩萨蛮·大柏地》："～橙黄绿青蓝紫，谁持彩练当空舞。"

《现汉典》(177)："①比朱红稍浅的颜色。②泛指红色：～小豆｜面红耳～。"

【春色】 chūnsè 名 指酒后脸上泛起的红色。｜仅 1 例：姑娘今儿脸上有些～，眼圈儿都红了。(三十九/521)

《大词典》(5·642)义项④："指脸上的红晕。"首引《水浒传》第七二回："宋江与柴进四人，微饮三杯，少添～。"次引清孔尚任《桃花扇·选优》："看他粉面发红，像是腼腆；赏他一柄桃花宫扇，遮掩～。"最后引《红楼梦》第三九回(见上文)。

《现汉典》(209)义项②："名 指脸上呈现的喜色或酒后脸上泛起的红色：满面～。"

【葱黄】 cōnghuáng 形 浅黄而微绿的颜色。｜仅 1 例：蜜合色棉袄，玫瑰紫二色金银鼠比肩褂，～绫棉裙，一色半新不旧，看去不觉奢华。(八/119)

《大词典》《现汉典》均未收录此词。

按："葱黄"与"葱绿"，都以生活中常见的植物"葱"喻写色彩，前者侧重"黄"，后者侧重"绿"。根据《大词典》释义"葱绿"为"浅绿而微黄的颜色"，释义"葱黄"为"浅黄而微绿的颜色"。另：《新编红楼梦辞典》(2019:72)《红楼梦大辞典》(2010:49)均释义为"黄绿色"。《中国颜色名称》(1997:10)："淡黄。像葱的黄叶那样的粉黄色。"《中国传统色彩图鉴》(2010:65)："颜色像大葱内部最嫩黄之处。"《色彩描写词语例释》(57)释义"葱黄色"为"像葱的黄叶子那样的浅黄颜色"。

【葱绿】 cōnglǜ 形 浅绿而微黄的颜色。｜共7例，均在前八十回。宝玉道："也罢了，也打一条桃红，再打一条～。"(三十五/470)一转身方得了一个小门，门上挂着～撒花软帘。(四十一/556)这尤三姐松松挽着头发，大红袄子半掩半开，露着～抹胸，一痕雪脯。(六十五/909) 比较 例1中"葱绿"，列藏、舒序本作"柳绿"(12·07350)。

《大词典》(9·479)义项①："浅绿而微黄的颜色。也叫葱心儿绿。"首引《红楼梦》第七十回："那晴雯只穿着～杭绸小袄，红绸子小衣儿，披着头发骑在芳官身上。"次引《儿女英雄传》第二九回："当中便是卧房门，门上挑着～软帘儿。"

《现汉典》(217)义项①："形 浅绿而微黄的颜色。也说葱心儿绿。"无例证。

按："葱绿"，至晚唐代已有用例。唐殷文圭《九华贺雨吟》："万畦香稻蓬～，九朵奇峰扑亚青。"

【苍翠】 cāngcuì 形 青绿。｜仅1例：那些奇草仙藤愈冷愈～。(四十/539)

《大词典》(9·508)："青绿。"首引南朝齐谢脁《冬日晚郡事隙》诗："～望寒山，峥嵘瞰平陆。"次引宋陆游《老学庵记》卷二："有数家专以取石为生，其佳者质温润～，叩之声如金玉。"再引《红楼梦》第四十回(见上文)。最后引叶圣陶《游了三个湖》："石缝里长出些高高矮矮的树木，～，茂密，姿态不一，又给山石添上陪衬的装饰。"

《现汉典》(127)义项①："形 (草木等)深绿：林木～｜～的山峦。"

【翠】 cuì①青绿色。｜共 26 例，其中后四十回 4 例。那一边乃是一颗西府海棠，其势若伞，丝垂～缕，菂吐丹砂。（十七、八/230）斜阳寒草带重门，苔～盈铺雨后盆。（三十七/491）你看独有那几杆～竹菁葱，这不是潇湘馆么！（一〇八/1458）⬚比较⬚ 例 2 中"苔翠"，杨藏本作"苔草"（13·07693）。

《大字典》(6·3571—3572) 义项④："青、绿、碧之类的颜色。"首引战国宋玉《登徒子好色赋》："眉如～羽，肌如白雪。"次引唐卢照邻《赠李荣道士》："投金～山曲，奠璧清江濆。"最后引元王实甫《西厢记》第四本第三折："两意徘徊，落日上横～。"

《大词典》(9·658) 义项③："青绿色。"首引汉司马相如《上林赋》："扬～叶，扤紫茎，发红华，垂朱荣。"次引唐王勃《滕王阁序》："层峦耸～，上出重霄；飞阁流丹，下临无地。"最后引冰心《往事（二）》六："环湖的山黯青着，湖水也～得很凄然。"

《现汉典》(225) 义项①："青绿色：～竹｜～玉｜～鸟｜～蓝。"

②（形容发、眉）黑。｜共 4 例，均在前八十回。靥笑春桃兮，云堆～髻。（五/72）眉不画而～。（二十八/389）

按：《大词典》(9·664—665) 收录"翠髻"，释义为"乌黑的发髻"。首引唐代王建《宫词》："玉蝉金雀三层插，～髻高丛绿鬓虚。"次引《红楼梦》第五回（见上文）。最后引沈太侔《落花》诗："残月昏黄冷～髻，离魂都向个中销。"还收录了"翠发"(9·664)："黑而有光泽的头发"；"翠眉"(9·660)："古代女子用青黛画眉，故称"。但"三典"均未收"翠"之"（形容发、眉）黑"义。

D

【大红】 dàhóng ⬚形⬚ 很红的颜色。｜共 49 例，其中后四十回 4 例。那丫头便将这～猩毡斗笠一抖，才往宝玉头上一合。（八/125）（宝玉）只穿着一件松花绫子夹袄，袄内露出血点般～裤子来。（七十八/1096）抬头忽见船头上微微的雪影里面一个人，光着头，赤着脚，身上披着一领～猩猩毡的斗篷，向贾政倒身下拜。（一二〇/1591）⬚比较⬚ 七十八回中"大红"，列藏本作"红"（19·11480）。

《大词典》(2·1360)义项②："很红的颜色。"首引《红楼梦》第三五回："莺儿道:'汗巾子是什么颜色?'宝玉道:'～的。'"次引茹志鹃《如愿》:"(何大妈)伸手在枕头下面,摸出那个对折起来的～封套。"

《现汉典》(241)释义:"形 很红的颜色。"无例证。

按:《大词典》首见例证偏晚,《南齐书·本纪第七·东昏侯》中有用例:"闻外鼓叫声,被～袍登景阳楼屋上望,弩几中之。"

【丹】 dān 红色。|共12例,均在前八十回。～唇未起笑先闻。(三/40)阶上阶下两～墀内,花团锦簇,塞的无一隙空地。(五十三/725)檀口点～砂。(六十五/909)

《大字典》(1·50)义项③:"赤色。"首引《国语·吴语》:"皆赤裳、赤旗、～甲、朱羽之矰,望之如火。"韦昭注:"～,彤也。"次引唐韩愈《柳州罗池庙碑》:"荔子～兮蕉黄。"最后引元黄潜《游西山同顶可立宿灵隐西庵》:"秋杪霜叶～,石面寒泉绿。"

《大词典》(1·678)义项②:"红色。"首引《仪礼·乡射礼》:"凡画者～质。"郑玄注:"～浅于赤。"次引《艺文类聚》卷五八引晋傅玄《笔赋》:"嘉竹翠色,彤管含～。"最后引宋蔡襄《荔枝谱》七:"绿核颇类江绿,色～而小。"

《现汉典》(252)义项①:"红色:～砂|～枫。"

【靛青】 diànqīng 形 深蓝色。|仅1例:这裤子配着松花色袄儿、石青靴子,越显出这～的头,雪白的脸来了。(七十八/1096)

《大词典》(11·577)义项②:"深蓝色。"首引清潘荣陛《帝京岁时纪胜·皇都品汇》:"～梭布,陈庆长细密宽机;羽缎猩毡,伍少西大洋青水。"次引高云览《小城春秋》第二一章:"他把一套～的短衫裤,连同草笠草鞋,都脱下来给剑平换上。"

《现汉典》(298)义项①:"形 深蓝。"无例证。

按:《新编红楼梦辞典》(105)释义为"深黑色"。

【豆绿】 dòulù 形 像青豆一样的绿色。|仅1例:裙边系着～宫绦双衡比目玫瑰佩。(三/40)比较 例中"豆绿",庚辰本作"绿色"(1·00497)。

《大词典》(9·1344):"像青豆一样的绿色。参见'豆青'。"无例证。

《现汉典》(318)："形 像青豆那样的绿色。"无例证。

按："豆绿"，至晚明代已有用例。《金瓶梅词话》第五十六回："潘金莲上穿着银红绉纱白绢里对襟衫子，～沿边金红心比甲儿。"《天工开物》(2013：62)记载有"豆绿色"，崇祯《松江府志》(1991：186)记载有"豆绿"。

E

【鹅黄】　éhuáng　形 像小鹅绒毛那样的淡黄色。│共 5 例，均在前八十回。前儿亏你还有那么大脸，打发人和我要～缎子去！(二十九/396)那是进上的，你没看见～笺子？(三十四/452)(史湘云)头上带着一顶挖云～片金里大红猩猩毡昭君套。(四十九/661)

《大词典》(12·1112)义项①："淡黄，像小鹅绒毛的颜色。"首引唐李涉《黄葵花》诗："此花莫遣俗人看，新染～色未干。"次引宋周密《齐东野语·张功甫豪侈》："别十姬，易服与花而出。大抵簪白花则衣紫，紫花则衣～。"最后引陈毅《春兴》诗："沿河柳～，大地春已归。"

《现汉典》(340)："形 像小鹅绒毛那样的黄色；嫩黄。"无例证。

F

【飞红】　fēihóng①形 犹绯红。│共 11 例，其中后四十回 5 例。秦、香二人急的～的脸。(九/135)不防正遇见他二人推就之际，一头撞了进去，自己倒羞的耳面～，忙转身回避不迭。(八十/1129)金桂也觉得脸～了。(九十一/1263)比较 例 3 中"飞红"，甲辰本、程甲本作"通红"(30·18433)。

《大词典》(12·696)义项③："犹绯红。"首引《红楼梦》第五二回："只有晴雯独卧于炕上，脸上烧的～。"次引茅盾《子夜》三："她的脸色现在又～了，她的眼光迷乱。"《订补》(1341)：宋了元《满庭芳》词："痛把群生割剖，刀头转、鲜血～。"

《现汉典》(374)义项①："形 状态词。(脸)很红：她一时答不上来，急得满脸～。"

②[动](脸上)飞快地现出红晕。|共 9 例,均在后四十回。小红听了,把脸～。(八十八/1236)那五儿听了,自知失言,便～了脸。(一一六/1548)

《大词典》(12·696)义项②:"(脸上)飞快地现出红晕。"首引《金瓶梅词话》第二五回:"媳妇子见我进去,把脸～的走出来。"次引周立波《暴风骤雨》第二部二一:"刘桂兰脸颊～了。"

《现汉典》(374)义项②:"[动](脸)很快变红:小张～了脸,更加忸怩起来。"

【翡翠】 fěicuì [名]像翡翠一样的绿色。|仅 1 例:(王熙凤)下着～撒花洋绉裙。(三/40)

《大词典》(9·657)《现汉典》(378)均收此词,指鸟或玉石,有名物义,无颜色义。

按:释义参照《新编红楼梦辞典》(2019:138)义项②:"像翡翠一样的绿色"。另:《红楼梦大辞典》(2010:47)释义为"蓝绿色"。《色彩描写词语例释》(1983:80)释义为:"也叫'硬玉'。半透明,有玻璃光泽,可制装饰品和工艺品。因一般呈翠绿色,有时也用来作为绿色的代称。"首引明施耐庵《水浒传》:"烟岚堆里,时闻幽鸟闲啼;～阴中,每听哀猿孤啸。"《中国传统色彩图鉴》(2010:74)释"翡翠色"为:"也称'大绿''石青',指的是像翡翠般的颜色。中国古代有一种鸟的名字叫'翡翠',其羽毛的颜色非常漂亮,后来人们就以'翡翠'来命名一种产自缅甸的玉石。翡翠中最常见的颜色为绿色,色愈绿也愈为珍贵。"

【粉】 fěn①白色的。|共 8 例,均在前八十回。～面含春威不露,丹唇未起笑先闻。(三/40)左右一望,皆雪白～墙。(十七、八/219)～粳五十斛。(五十三/720)

《大字典》(6·3350)义项⑥:"白色的。"首引唐杜牧《丹水》:"沈定蓝光彻,喧盘～浪开。"次引《儒林外史》第六回:"四斗子进去请了大老爹出来,头戴纱帽,身穿圆领补服,脚底下～底皂靴。"

《大词典》(9·199)义项⑥:"白色的;带白色的;粉红色的。"首引唐无名氏《隋炀帝海山记》上:"南留进五色樱桃:～樱桃、蜡樱桃、紫樱桃、朱樱桃、大小木樱桃。"次引宋孙光宪《玉蝴蝶》词:"～翅两悠飏,翩翩过短墙。"最后引《红楼梦》第六三回:"晴雯忙启砚拿了出来,却是一张字帖儿,递与宝玉看时,原来是一张～笺子,上面写着'槛外人妙玉恭肃遥叩芳辰'。"

《现汉典》(385)义项⑦:"带着白粉的;白色的:～蝶|～连纸。"

另:《新编红楼梦辞典》(2019:102)释义"粉粳":"即'白粳',其白如粉,故名。"《红楼梦语言词典》(1995:140)释义"粉粳":"即白粳,粳稻碾出来的大米,其色如粉。"

②形粉红色的。|仅1例:原来是一张～笺子,上面写着"槛外人妙玉恭肃遥叩芳辰"。(六十三/896/875)比较例中"粉",列藏本、杨藏本、甲辰本、程甲本作"粉红"(22·13870)。

《大字典》(6·3350)义项⑦:"粉红色。如:～色;～牡丹。"唯一例证宋陈克《摊破浣溪沙》:"翠袖～笺闲弄笔,写新诗。"

《大词典》(9·199)此义项未单列。

《现汉典》(385)义项⑧:"形粉红:～色|～牡丹|这块绸子是～的。"

【粉红】 * fěnhóng 形浅红,为红与白混合而成的颜色。|仅1例:宝玉拿了一幅泥金角花的～笺出来。(八十九/1244)

《大词典》(9·201):"浅红,为红与白混合而成的颜色。"首引宋苏轼《戏作鮰鱼一绝》:"～石首仍无骨,雪白河豚不药人。"次引《红楼梦》第八九回(见上文)。最后引周立波《民兵》:"三月下旬,时晴时雨,桃树上的～的花朵和翡青的嫩叶常常滴落着水珠。"

《现汉典》(385):"形红和白合成的颜色。"无例证。

【佛青】 * fóqīng 形即佛头青,深蓝色。|仅1例:一件～银鼠褂子,包好叫人送去。(九十/1256)

《大词典》(1·1288):"即群青。一种深蓝色的无机颜料。用于染布、印刷或做油漆原料。"唯一例证引自《儿女英雄传》第四回:"他先挽了挽袖子,把那佛青粗布衫子的衿子往一旁一缅……就势儿用右手轻轻一撸,把那块石头就撂倒了。"

《现汉典》未收录此词。

按: 因《大词典》释义"一种深蓝色的无机颜料",为名物义;参照《红楼梦大辞典》(2010:57)释义:"即佛头青,深蓝色"。另:《新编红楼梦辞典》(2019:

148):"绘画颜料,又名头青,石青中之最深者,近群青。如来佛像头部的螺髻着色用这种颜色,故称'佛头青'或'佛青'。"《色彩描写词语例释》(1983:86):"一种深蓝色的无机颜料,即群青。这里指深蓝色。"首引《红楼梦》第九十回(见上文),次引清文康《侠女奇缘》。

G

【缟】 gǎo 白色。|共 2 例:月窟仙人缝~袂,秋闺怨女拭啼痕。(三十七/493)天机断~带,海市失鲛绡。(五十/672)

《大字典》(6·3677)义项③:"白色。"首引《山海经·海内北经》:"有文马,~身朱鬣,目若黄金,名曰吉量。"次引《列子·汤问》:"其上台观皆金玉,其上禽兽皆纯~。"再引南朝宋谢庄《月赋》:"连观霜~,周除水净。"最后引清邵长蘅《雪后登滕王阁放歌》:"径呼玉虬骑上天,云中~鹤纷翩跹。"

《大词典》(9·971)义项②:"白色。"首引《素问·五藏生成论》:"生于心,如以~里朱。"王冰注:"缟,白色。"次引南朝宋谢惠连《雪赋》:"眇隰则万顷同~,瞻山则千岩俱白。"再引宋周邦彦《倒犯·新月》:"千林夜~,徘徊处,渐移深窈。"最后引清姚鼐《〈香岩诗稿〉》:"大雪,松竹尽~。"

《现汉典》(435)收录此词,但无此颜色义项。

【鬼脸青】 guǐliǎnqīng 形 暗青色。|仅 1 例:这是五年前我在玄墓蟠香寺住着,收的梅花上的雪,共得了那一~的花瓮一瓮。(四十一/553) 比较 例中"鬼脸青",庚辰本作"鬼胎青"(14·08617)。

《大词典》(12·457)释义:"一种陶瓷的颜色,暗青色。"唯一例证引自《红楼梦》第四一回(见上文)。

《现汉典》未收此词。

H

【海棠红】 hǎitánghóng 形 像海棠花那样的淡粉红色。|仅 1 例:那芳官只穿着~的小棉袄。(五十八/804)

《大词典》《现汉典》均未收录此词。

按：释义参照《红楼梦大辞典》(2010:56)："亦称杨妃色，即淡粉红色。"不取《新编红楼梦辞典》(2019:191)释义："像海棠花那样的鲜红色。"也不取《色彩描写词语例释》(1983:104)释义："像海棠果那样的鲜红色。"因为"海棠红"是用以描写芳官"小棉袄"之色，应该说，释义为带有间色性质的"粉红色"比释义为带有正色性质的"鲜红色"，更符合芳官作为"优伶""丫鬟"的身份。

【黑】 hēi 形 像煤或墨的颜色。| 共 28 例，其中后 40 回 8 例。他（贾菌）在座上冷眼看见金荣的朋友暗助金荣，飞砚来打茗烟，偏没打着茗烟，便落在他座上，正打在面前，将一个磁砚水壶打了个粉碎，溅了一书～水。（九/137）～兔四对。（五十三/720）詹光即忙端过一个～漆茶盘。（九十二/1279）比较 例 1 中"黑"，蒙府本、戚序本、戚宁本、卞藏本作"墨"（4・01889）。

《大字典》(6・5057)义项①："五色之一。"首引例证《书・禹贡》："厥土～坟。"孔传："色～而坟起。"次引《庄子・天运》："夫鹄不日浴而白，乌不日黔而～。"最后引唐李贺《雁门太守行》："～云压城城欲摧，甲光向日金鳞开。"

《大词典》(12・1322)义项①："黑色；像煤或墨的颜色。"首引同《大字典》。次引元黄溍《初至宁海》诗之二："煮海盐烟～，淘沙铁气腥。"最后引茅盾《子夜》之三："雷参谋乘这当儿，抱起了徐曼丽也追出来，直到暖花房旁边，才从地上拣取那双小巧玲珑的～缎子高跟鞋。"

《现汉典》(531)义项①："形 像煤或墨的颜色（跟'白'相对）：～板｜～斑｜～头发｜白纸～字｜脸都晒～了。"

【黑亮】 hēiliàng 形 黑得发亮。| 仅 1 例：（宝玉）头上周围一转的短发，都结成小辫，红丝结束，共攒至顶中胎发，总编一根大辫，～如漆。（三/48）

《大词典》(12・1330)："黑得发亮。"首引《红楼梦》第三回（见上文）。次引李大成《同心结》："她翻着～的眼睛，歪着小脖子认真地回答。"

《现汉典》未收录此词。

按：将"黑亮"视为颜色词是基于在《红楼梦》具体言语环境中，"黑亮"的"亮"是反映色彩亮度的"亮"，而不是反映客观事物自身发光的"亮"。参见李红印(2007:227-229)。

【黑色】* hēisè 名 黑的颜色。|仅 1 例：～羊皮六十三张。（一○五/1425）

《大词典》未收录此词。但释义"黑"为"黑色"；"黑土""黑牛""黑丹""黑衣"释义为"黑色的土壤""黑色的牛""黑色丹砂""黑色衣服"；还收录有"黑色火药""黑色金属"等（12·1322-1329）。

《现汉典》（533）义项①："名 黑的颜色。"无例证。

按：颜色词"黑色"，春秋时代已有用例：《庄子》中有"昔者寡人梦见良人，～而髯"。

【黑油油】* hēiyóuyóu 形 黑得发亮。|仅 1 例：由不得回头一看，只见～一个东西在后面伸着鼻子闻他呢。"（一○一/1377）

《大词典》（12·1329）："黑得发亮。"首引自《儒林外史》第四二回："自己扯开裤脚子，拿出那一双～的肥腿来搭在细姑娘腿上。"次引《红楼梦》第一○一回（见上文）。最后引古华《芙蓉镇》第一章："白胖富态、脑后梳着～独根辫子的媳妇也是北方下来的。"

《现汉典》（534）："（口语中也读 hēiyōuyōu）（～的）形 状态词。形容黑得发亮：～的头发|～的土地。"

按：《大词典》首见例证偏晚，《金瓶梅》中有"头上戴着～头发黪髻"的用例。参看侯立睿（2016：31）"黑油油"条。

【黑鬒鬒】 hēizhěnzhěn 形 形容头发乌黑稠密。|仅 1 例：（小红）穿着几件半新不旧的衣裳，倒是一头～的头发，挽着个纂，容长脸面，细巧身材，却十分俏丽干净。（二十四/330）比较 例中"黑鬒鬒"，庚辰本作"黑真真"，甲辰本、程甲本作"黑鸦鸦"，郑藏本作"黑蓼蓼"（8·05038）。

《大词典》（12·1340）："形容头发乌黑稠密。"唯一例证引自《水浒传》第四四回："～鬓儿，细弯弯眉儿。"

《现汉典》未收此词。

【红】 hóng① 形 像鲜血的颜色。也泛指各种红色。|共 132 例，其中后四十回 22 例。～枣二枚。（十/149）玫瑰花又～又香，无人不爱的，只是刺戳手。（六十五/914）没有什么要紧的，是一件～小袄儿，已经旧了的。（九十/

1256）

　　《大字典》（6·3584）义项①："原指浅赤色的帛，后泛指粉红色、桃红色。"首引《论语·乡党》："～紫不以为亵服。"次引《楚辞·招魂》："～壁沙版，玄玉梁些。"最后引唐李贺《将进酒》："况是青春日将暮，桃花乱落如～雨。"义项②："赤，像鲜血一样的颜色。如～旗；～枣。"首引《史记·司马相如列传》："～杳渺以眩湣兮，焱风涌而云浮。"次引唐杜牧《山行》："停车坐爱枫林晚，霜叶～于二月花。"最后引高观国《八归》："新霜初试，重阳催近，醉～偷染江枫。"

　　《大词典》（9·702）义项①："颜色的名称。古代指浅红色。"首引、次引同《大字典》。"后多指赤色。"首引同《大字典》。次引汉扬雄《法言·吾子》："或问'苍蝇～紫'。"李轨注："苍蝇间于白黑～紫，似朱而非朱也。"最后引南朝梁刘勰《文心雕龙·情采》："正采耀乎朱蓝，间色屏于～紫。""又泛指各种红色。"首引唐白居易《忆江南》词："江南好，风景旧曾谙。日出江花～胜火，春来江水绿如蓝。"次引茅盾《子夜》一："他眼前是～的，黄的，绿的，黑的，发光的，立方体的，圆锥形的——混杂的一团，在那里跳，在那里转。"《订补》（1341）：北魏贾思勰《齐民要术·杂说》："凡点书、记事，多用绯缝，缯体硬强，费人齿力，俞污染书，又多零落。若用～纸者，非直明净无染，又纸性相亲，久而不落。"

　　《现汉典》（538）义项①："形 像鲜血的颜色：～枣｜～领巾。"

　　②动 使……变红；呈现红色；变红。｜共 108 例，其中后四十回 35 例。宝玉～涨了脸，把他的手一捻。（六/90）桃～又是一年春。（六十三/872）王夫人也眼圈儿～了。（一一七/1554）比较 例 1 中"红"，下藏本作"紫"（2·01137）。

　　《大字典》（6·3584）义项②："又指呈现红色，变红。"唯一例证《汉书·贾捐之传》："太仓之粟～腐而不可食。"颜师古注："粟久腐坏，则色红赤也。"

　　《大词典》（9·702）义项②："呈现红色；变红。"首引《汉书·贾捐之传》："元狩六年，太仓之粟～腐而不可食，都内之钱贯朽而不可校。"次引宋蒋捷《一剪梅·舟过吴江》词："流光容易把人抛，～了樱桃，绿了芭蕉。"再引《红楼梦》第九一回："宝蟾把脸～着，并不言答。"最后引叶君健《桃子熟了》："这只桃子忽然在一个阳光充足的上午全部～了，眼看它随时都要落下来。"

《现汉典》无此义项。

【红潮】＊ hóngcháo 名 因害羞而两颊泛起的红晕。｜仅 1 例:那五儿早已羞得两颊～。(一〇九/1465)

《大词典》(9·715)义项①:"因害羞、醉酒或感情激动而两颊泛起的红晕。"首引明杨慎《小春红梅效徐庾体》诗:"鲜妆呈粉艳,醉颊涌～。"次引《红楼梦》第一〇九回(见上文)。最后引郑振铎《取火者的逮捕》四:"他愈说愈激昂。斑白的须边,有几粒汗珠沁出,苍老的双颊,上了～,唇边有了白沫。"

《现汉典》(539):"名①指害羞时两颊上泛起的红色。"无例证。

【红赤】＊ hóngchì 形 很红。｜仅 1 例:只见黛玉肝火上炎,两颧～。(九十七/1339)

《大词典》《现汉典》均未收录此词。

按:释义参照《色彩描写词语例释》(1983:132):"形容颜色很红。同'赤红'。"首引明施耐庵《水浒全传》:"(他原是盖天军襄阳府人士,姓邓,名飞,)为他双眼～,江湖上都唤他作火眼狻猊。"次引李惠薪《医生的权利》:"(女人)头发蓬乱,面孔～,口角和鼻孔还有黑糊糊的血迹。"

另:《大词典》(9·1165)"赤红":①"红色。"《广群芳谱·药谱六·王瓜》:"〔王瓜〕七八月熟,赤红色。"②"通红。"孔捷生《在小河那边》:"穆兰黝黑清瘦的脸上涨得赤红。"《现汉典》(177)"赤红":"形 红①(像鲜血的颜色):赤红脸儿。"

【红扑扑】＊ hóngpūpū 形 形容脸色很红。｜仅 1 例:刚才我见他到太太那屋里去,那脸上～儿的一脸酒气。(一〇〇/1371)

《大词典》(9·714－15):"形容脸色很红。"首引《红楼梦》(见上文)。次引曹靖华《飞花集·点苍山下金花娇》:"好像是她那～的脸儿,把自己身边的红梅、茶花,都映得那么浓艳吧?"

《现汉典》(540):"(～的)形 状态词。形容脸色红:喝了几杯酒,脸上～的。"

【红青】 hóngqīng 形 略微泛红的深蓝色。｜仅 1 例:当时芳官满口嚷热,只穿着一件玉色～酡绒三色缎子斗的水田小夹袄。(六十三/867)

《大词典》《现汉典》均未收录此词。

按：《扬州画舫录》(2007:18)："青有红青，为青赤色，一曰鸦青。"另：王业宏(2011a:125)研究发现，在《乾隆十九年销算染作》中，有各种色系染色用料的记载，其中"红青"与"月白""宝蓝""石青"等同为蓝色系的色名。据此，释义《红楼梦》"红青"为"略微泛红的深蓝色"。不取《新编红楼梦辞典》(2019:207)释义："略微泛红的黑色。"也不取《红楼梦大辞典》(2010:56)释义："绀色，亦称'天青'，黑中透红的颜色。"

【红色】 hóngsè 名 红的颜色。｜共 2 例：贾环看了一看，果然比先的带些～，闻闻也是喷香。(六十/820)惟有白石花阑围着一颗青草，叶头上略有～。(一一六/1541)

《大词典》未收录此词。

《现汉典》(540)义项①："名 红的颜色。"无例证。

【红晕】 hóngyūn 名 中心浓而四周渐淡的一团红色。｜共 5 例，其中后四十回 4 例。大约骚人咏士，以此花之色～若施脂，轻弱似扶病，大近乎闺阁风度，所以以"女儿"命名。(十七、八/230)金桂听了这话，两颧早已～了。(九十一/1264)宝玉接来一瞧，那玉有三寸方圆，形似甜瓜，色有～，甚是精致。(一○九/1469) 比较 例 1 中"红晕"，列藏本作"红蕴"，舒序本作"红晕红"，甲辰本、程甲本作"红"(6·03354)。

《大词典》未收录此词。

《现汉典》(541)："名 中心浓而四周渐淡的一团红色：脸上泛出～。"

【红紫】 hóngzǐ 形 红得发紫。｜仅 1 例：贾政一见，眼都～了。(三十三/443) 比较 例中"红紫"，列藏本、舒序本、程甲本作"红了"(11·06877)。

《大词典》(9·711)收录此词，但无此颜色义项。

《现汉典》未收录此词。

按：《红楼梦》中的"红紫"，是贾政因生气而致使其眼睛充血变"红"，甚至"红得发紫"。《金瓶梅词话》第二十九回有用例："奸门～，一生广得妻财。"另：《色彩描写词语例释》(1983:146)释义"红紫色"为"又红又紫的颜色"。

【黄】 huáng ①形 五色之一。即像金子或成熟的杏子的颜色。｜共 69

例,其中后四十回14例。～的又不起眼。(三十五/471)(李纨)又将朱橘、～橙、橄榄等物盛了两盘,命人带与袭人去。(五十/676)～缎十二卷。(一〇五/1425)⬚比较 例1中"黄的",列藏本作"黄色"(12·07370)。例2中"黄橙",列藏本作"橙子"(17·10624)。

《大字典》(8·4896)义项①:"五色之一。"首引《易·坤》:"天玄而地～。"孔颖达疏:"天色玄,地色～。"次引《墨子·所染》:"染于苍则苍,染于黄则～,所入者变,其色亦变。"再引唐李益《春思》:"草色青青柳色～,桃花历乱李花香。"最后引毛泽东《菩萨蛮·大柏地》:"赤橙～绿青蓝紫,谁持彩练当空舞。"

《大词典》(12·967)义项①:"五色之一。即像金子或成熟的杏子的颜色。"首引、次引同《大字典》。再引唐温庭筠《杨柳枝》诗之二:"南内墙东御路旁,预知春色柳丝～。"最后引同《大字典》。

《现汉典》(573)义项①:"形 像丝瓜花或向日葵花的颜色。"无例证。

②动 色变黄。1.枯萎。|仅1例:秋花惨淡秋草～,耿耿秋灯秋夜长。(四十五/626)

《大字典》(8·4896)义项②:"变黄。1.枯萎。"首引《诗·小雅·何草不黄》:"何草不～,何日不行。"朱熹注:"草衰则～。"次引《礼记·月令》:"(季秋之月)草木～落。"最后引南朝宋鲍照《代白纻曲二首》:"穷秋九月荷叶～。北风驱雁天雨霜。"

《大词典》(12·967)义项②:"色变黄。(1)枯萎。"首引同《大字典》。次引《庄子·在宥》:"草木不待～而落。"最后引前蜀薛绍蕴《小重山》词:"秋到长门秋草～。"

2.使……变黄。|共9例,其中后四十回1例:金荣气～了脸。(九/137)这傻大姐听了,反吓的～了脸。(七十三/1011)紫鹃雪雁脸都唬～了。(八十二/1161)⬚比较 例2中"黄",蒙府本、戚序本、戚宁本作"白";杨藏本作"慌"(26·16423)。

"三典"均无此义项。

【黄澄澄】 huángdēngdēng 形 形容金黄色。|共2例:～的又炸他作什么?(三十五/463)今儿雪化尽了,～的映着日头,还在那里呢,我就拣了

120

起来。(五十二/704)　比较　例 1 中"黄澄澄",蒙府本、戚序本、戚宁本作"黄灯灯"(12·07214)。

《大词典》(12·1003):"形容金黄色或橙黄色。"首引《红楼梦》第五二回(见上文)。次引茅盾《右第二章》:"[阿祥]满脸通红,头上是～的铜帽子。"最后引韩北屏《非洲夜会·双城记》:"看到这边枝头结了小小的果实,那边枝头悬挂着～的大橘子。"

《现汉典》(573):"(～的)形状态词。形容金黄色:谷穗儿～的|～的金质奖章。"

按:《红楼梦》"黄澄澄"用以形容宝钗"金项圈"、平儿"金镯子"之色,因之,仅释义为"形容金黄色"。

【黄金】　huángjīn　名　黄金色。|仅 1 例:然后一把曲柄七凤～伞过来,便是冠袍带履。(十七、八/236)　比较　例中"黄金",列藏本、杨藏本、舒序本、甲辰本、程甲本作"金黄"(6·03475)。

《大词典》(12·979)、《现汉典》(574)都收录"黄金"一词,但均无此颜色义项。

按:"黄金",本为名物,在《红楼梦》具体言语环境中以物喻色,指"黄金色"。即"此处的'黄金伞',不是说黄金做的伞,而是比喻金黄色的伞"。参见张书才(2014:37)。

【灰】　huī　形　灰色。一种介于黑色与白色之间的颜色。|共 12 例,其中后 40 回 3 例。那凤姐儿家常带着秋板貂鼠昭君套,围着攒珠勒子,穿着桃红撒花袄,石青刻丝～鼠披风。(六/98)洋～皮六十张。(一〇五/1424)～狐腿皮四十张。(一〇五/1424)

《大字典》(4·2345)义项⑤:"灰色。一种介于黑色与白色之间的颜色。如:银～;～鹤;～裤子。"首引《晋书·郭璞传》:"时有物,大如水牛,～色卑脚,脚类象,胸前尾上皆白。"

《大词典》(7·24)义项⑨:"介于黑色与白色之间的一种颜色。"首引清黄遵宪《潮州行》:"虎口脱余生,惊喜泣相语……扶床面色～,谬言不畏惧。"次引周立波《暴风骤雨》第二部六:"他的脸上～一阵,白一阵,汗珠滴滴嗒嗒往下掉。"

《现汉典》(577)义项④："形 像草木灰的颜色,介于黑色和白色之间:银～|～鼠|帽子是～的。"

【灰色】 huīsè 名 灰的颜色,介于黑、白之间的颜色。|共 2 例:只见袭人坐在近窗床上,手中拿着一根～绦子,正在那里打结子呢。(六四/887)～羊四十把。(一〇五/1425)

《大词典》(7·26)义项①："浅黑色,介于黑、白之间的颜色。"首引《晋书·郭璞传》:"时有物大如水牛,～卑脚,脚类象,胸前尾上皆白。"次引王统照《警钟守》:"沉黑的密云下,一片红焰微吐的火光,弥漫在东北一片房屋的上空,映着～的天空。"

《现汉典》(578)义项①："名 灰的颜色。"无例证。

【火】 huǒ 形容红色。|共 3 例:早起我说那一碗～腿燉肘子很烂,正好给妈妈吃。(十六/207)一面摆好,一面又看那盒中,却有一碗～腿鲜笋汤,忙端了放在宝玉跟前。(五十八/805)刚才我叫雪雁告诉厨房里给姑娘作了一碗～肉白菜汤。(八十七/1220)

《大字典》(4·2344)义项⑧："形容像火那样的颜色,一般指红色。如:～红;～狐。"首引唐李白《送程刘二侍御》:"天外飞霜下葱海,～旗云马生光彩。"王琦注:"～旗,谓旗之赤似火。"次引殷夫《"三八"们》:"～色的大旗现在中间。"

《大词典》(7·1)义项⑩："形容红色。"唯一例证唐元稹《感石榴二十韵》:"风翻一树～,电转五云车。"

《现汉典》(592)义项④："形容红色:～鸡|～腿。"

J

【绛】 jiàng 深红色。|共 12 例,其中后四十回 1 例。(黛玉)将那一颗核桃大的～绒簪缨扶起,颤巍巍露于笠外。(八/125)～云轩里召将飞符。(五十九/809)那草本在灵河岸上,名曰～珠草。(一一六/1542)

《大字典》(6·3619)义项①："大红色。"首引《墨子·公孟》:"昔者楚庄王,鲜冠组缨,～衣博袍,以治其国。"次引《文心雕龙·通变》:"夫青生于蓝,～生于蒨。"最后引宋王安石《题金沙》:"海棠开后数金沙,高架层层吐～葩。"

《大词典》(9·828)义项①:"深红色。"首引《史记·田单列传》:"田单乃收城中得千余牛,为～缯衣,画以五彩龙文。"次引北魏郦道元《水经注·汜水》:"其后有人著大冠,～单衣,杖竹立冢前,呼采薪孺子伊永昌曰:'我王子乔也,勿得取吾坟上树也。'"再引清姚鼐《登泰山记》:"回视日观以西峰,或得日或否,～蝻驳色,而皆若偻。"最后引鲁迅《野草·腊叶》:"他也并非全树通红,最多的是浅～,有几片则在绯红地上,还带着几团浓绿。"

《现汉典》(648):"深红色。"无例证。

【绛红】 jiànghóng 形 深红色。|仅 1 例:看时,～的,也太不成茶。(七十七/1085)

《大词典》《现汉典》均未收录此词。

按:释义参照《色彩描写词语例释》(1983:187)"绛红色":"深红色。"

【皎皎】 jiǎojiǎo 形 形容很白很亮。|仅 1 例:月挂中天夜色寒,清光～影团团。(四十八/649)

《大词典》(8·270):"洁白貌;清白貌。"首引《诗经·小雅·白驹》:"～白驹,在彼空谷。"次引三国魏曹植《蝉赋》:"～贞素,侔夷节兮。帝臣是戴,尚其洁兮。"再引宋曾巩《明妃曲》之一:"喧喧杂虏方满眼,～丹心欲语谁?"明杨珽《龙膏记·邪萌》:"美目娟娟,涵着一泓秋水;芳颜～,带着几度清风。"最后引郭沫若《满江红·赞南京路上好八连》词:"不染纤尘,南京路八连～。尽教你,染缸多大,糖衣多巧。"

《现汉典》(655):"形 形容很白很亮:月光～。"

【洁白】 jiébái 形 纯净的白色。|共 2 例:话说宝玉举目见北静王水溶头上戴着～簪缨银翅王帽。(十五/192)入泥怜～,匝地惜琼瑶。(五十/667)

比较 例 1 中"洁白",程甲本作"净白"(5·02727)。

《大词典》(6·116)义项②:"纯净的白色。"首引《陈书·高祖纪下》:"仙人见于罗浮山寺小石楼,长三丈所,通身～,衣服楚丽。"次引宋曾巩《鸿雁》诗:"岂同白鹭空～,俯啄腥污期满腹。"再引《红楼梦》第五十回(见上文)。最后引杨沫《青春之歌》第一部第三章："[她们]悠然地坐在铺着～被单的沙滩上，欣赏着海景。"

《现汉典》(665)："形 没有被其他颜色污染的白色：～的床单◇～的心灵。"

【金】 jīn 像金子的颜色。|共38例，其中后四十回仅1例。出至院外，顺着沁芳溪看了一回～鱼。(二十六/354)(宝玉)戴上～藤笠，登上沙棠屐，忙忙的往芦雪广来。(四十九/663)又记得堂屋里一片～光直照到我房里来。(八十一/1144)

《大字典》(8·4486)义项⑭："金色的。"首引《诗·小雅·车攻》："赤芾～舄，会同有绎。"郑玄注："～舄，黄朱色也。"次引唐孟郊《送淡公十二首》："橙橘～盖槛，竹蕉绿凝禅。"再引明陶宗仪《辍耕录》卷二十四："绝类人家所蓄～毛猱狗。"最后引清陈伦炯《海国闻见录·东南洋记》："钻有五色，～、黑、红者为贵。"

《大词典》(11·1137)义项⑯："像金子的颜色。"首引同《大字典》。次引唐司空图《虞乡北原》诗："老人惆怅逢人诉，开尽黄花麦未～。"再引明高明《琵琶记·琴诉荷池》："翠竹影摇～，冰殿帘栊映碧阴。"最后引同《大字典》。

《现汉典》(674)义项⑥："像金子的颜色：～橘|碧眼～发。"

【金黄】 jīnhuáng 形 黄而微红略像金子的颜色。|仅1例：一队队过完，后面方是八个太监抬着一顶金顶～绣凤版舆，缓缓行来。(十七、八/237)

《大词典》(11·1164)："黄而微红略像金子的颜色。"首引晋傅玄《郁金赋》："叶萋萋兮翠青，英蕴蕴而～。"次引宋苏轼《携妓乐游张山人园》诗："大杏～小麦熟，坠巢乳鹊拳新竹。"最后引冯至《新的故乡》："～的阳光，把屋顶树枝染遍。"

《现汉典》(675)："形 状态词。黄而微红略像金子的颜色：～色头发|麦收时节，田野里一片～。"

【酱色】* jiàngsè 名 深赭色。|仅1例：～羊皮二十张。(一〇五/1424)

《大词典》(9·1441)："深赭色。"首引《儒林外史》第二四回："只见外面走进来一个人，头戴浩然巾，身穿～绸直裰。"次引张天翼《包氏父子》四："他瞧着里面挂着的一套套西装：紫的，淡红的，～的，青的，绿的，枣红的，黑的。"

《现汉典》(648):"名深赭色。"无例证。

【娇黄】 jiāo huáng 形嫩黄色。|仅 1 例:盘内盛着数十个～玲珑大佛手。(四十/538)

《大词典》(4·411)义项①:"嫩黄色。"首引宋晏几道《生查子》词:"春从何处归,试向溪边问。岸柳弄～,陇麦回青润。"次引《红楼梦》第四十回(见上文)。最后引杨朔《蓬莱仙境》:"风一摇,绿云一样的树叶翻起来,叶底下露出～新鲜的大水杏,正在大熟。"

《现汉典》未收录此词。

【菁葱】* jīngcōng 形青葱,葱绿色。|仅 1 例:你看独有那几杆翠竹～,这不是潇湘馆么!(一〇八/1458)

《大词典》(9·429):"亦作'菁蔥'。青葱,葱绿色。"首引明蒋一葵《长安客话·德胜门庵》:"其南则晶淼千顷,草树菁葱。"次引《红楼梦》第一〇八回(见上文)。

《现汉典》未收此词,但释义"青葱"(1060)为:"形形容植物浓绿:～的草地|窗外长着几棵竹子,～可爱。"

【净白】* jìngbái 形纯净的白色。|仅 1 例:从荣府大门起至内宅门扇扇大开,一色～纸糊了。(一一〇/1476)

《大词典》《现汉典》均未收录此词。

按:"净白"与"洁白"同义,在《红楼梦》早期抄本中有互为异文的用例。另:《色彩描写词语例释》(1983:204)收录"净白",释义为"纯净的白色",所举 4 个例证中 2 例来自《红楼梦》,另 2 例来自《冰心选集》《杭州的传说·月桂峰》等现代文学作品。

L

【蓝】* lán 形像晴天天空的颜色。|仅 1 例:大家打开看时,原来匣内衬着虎纹锦,锦上叠着一束～纱。(九十二/1279)

《大字典》(6·3530)义项②:"深青色。如:天～;蔚～。"首引《论衡·本性》："至恶之物,不受～朱之变也。"次引南朝梁江淹《杂体诗序》："譬犹～朱成彩,杂错之变无穷。"最后引唐孟郊《蓝溪元居士草堂》："～岸青漠漠,～峰碧崇崇。"

《大词典》(9·588)义项②："颜色的一种。像晴天天空的颜色。"唯一例证源宋贺铸《怨三三》词："玉津春水如～,宫柳毶毶,桥上东风侧帽檐。"

《现汉典》(775)义项①：形 像晴天天空的颜色:蔚～|～布。"

【黧】｜色黑而黄。｜共2例:两眼就像那～鸡似的,还动他的果子! (六十一/831)两眼～鸡似的。(八十一/1146)

《大字典》(8·5066)："黑中带黄的颜色。"首引《韩非子·外储说左上》："手足胼胝,面目～黑,劳有功者也。"次引《楚辞·王褒〈九怀·蓄英〉》："荔蕴兮霉～,思君兮无聊。"再引《资治通鉴·晋穆帝升平元年》："姚襄所乘骏马曰～眉骦。"胡三省注："黑而黄色曰～。"最后引清邹容《革命军》："今试游于穷乡原野之间,则见夫～其面目,泥其手足,荷锄垄畔,终日劳劳而无时或息者,是非我同胞之为农者乎?"

《大词典》(12·1370)："色黑而黄。亦指使变黄黑色。"首引汉刘向《九叹·逢纷》："颜霉～以沮败兮,精越裂而衰耄。"次引同《大字典》再引。再引元高安道《哨遍·皮匠说谎》："见天阴道胶水解散,恰天晴说皮糙燋～。"最后引同《大字典》。

《现汉典》(797)："〈书〉黑;色黑而黄。"无例证。

【荔色】 lìsè 名 像成熟荔枝的皮那样的暗红色。｜仅1例:贾母见宝玉身上穿着～哆罗呢的天马箭袖。(五十二/710) 比较 例中"荔色",程甲本作"荔支色"(18·11131)。

《大词典》《现汉典》均未收录此词。

按:释义参照《红楼梦植物图鉴》(2005:221)："荔枝是华南、华中地区的重要水果,果实成熟时为暗红色。小说诗文常以熟悉的植物来形容物体的颜色,成熟荔枝的颜色就是其一。例如第五十二回宝玉身上所穿的'哆罗呢的天马箭袖褂子'不直言颜色是暗红色,而是以'荔色'来形容。"另:《红楼梦大辞典》(2010:55)："紫红色。"《新编红楼梦辞典》(2019:314)："荔枝皮的颜色,即棕红色。"《色彩描写词语例释》(1983:232)"荔枝色"："像成熟的荔枝那样的紫红色。"

【莲青】 liánqīng 形 像荷叶那样的青绿色。|仅 1 例:薛宝钗穿一件～斗纹锦上添花洋线番羓丝的鹤氅。(四十九/661)

《大词典》《现汉典》均未收此词。

按:释义参照《色彩描写词语例释》(1983:232):"像荷叶那样的青绿色。"首引《红楼梦》第四十九回(见上文)。不取《红楼梦大辞典》(2010:54)"紫色"、《新编红楼梦辞典》(2019:316)"蓝紫色"、《红楼梦语言词典》(1995:522)"靛蓝色",因为"青"用于形容农作物及其他植物甚而其他绿色自然物的颜色时,表"绿色",如青草、青松、青虫、青溪。参看徐朝华(1988:34)。

【柳黄】 liǔhuáng 形 像柳叶初生时那样的嫩黄色。|仅 1 例:莺儿道:"葱绿～是我最爱的。"(三十五/470)

《大词典》(4·927)义项②:"颜色名。"首引明陶宗仪《辍耕录·写像诀》:"凡调和服饰器用颜色者……～,用粉入三绿标,并少藤黄合。"次引《红楼梦》第三五回:"宝玉道:'松花色配什么?'莺儿道:'松花配桃红……葱绿、～可倒还雅致。'"《订补》(499):张宏杰《大明王朝的七张面孔·朱元璋》:"不许使用黑、紫、绿、～、姜黄、明黄等色。"

《现汉典》未收录此词。

按:《大词典》仅释义为"颜色名",语焉不详。释义参照《色彩描写词语例释》(1983:236)"柳黄色":"像柳叶初生时那样的嫩黄色。"其首引例证为《红楼梦》第三十五回(见上文)。另:《新编红楼梦辞典》(2019:328):"春天柳树萌发嫩芽时呈现出的浅淡的黄色。"《红楼梦语言词典》(1995:539):"像春天嫩柳叶的黄绿色。"

【柳绿】 liǔlù 形 像柳叶那样的嫩绿色。|仅 1 例:当时芳官满口嚷热,只穿着一件玉色红青酡绒三色缎子斗的水田小夹袄,束着一条～汗巾。(六十三/867)比较 例中"柳绿",列藏本作"柳丝"、杨藏本作"柳色"(22·13726)。

《大词典》(4·930):"颜色名。"唯一书证为明陶宗仪《辍耕录·写像诀》:"凡调和服饰器用颜色者:绯红,用银朱紫花合。桃红,用银朱燕支合。肉红,用粉为主,入燕支合……～,用枝条绿入槐花合。"

《现汉典》未收录此词。

按:《大词典》仅释义为"颜色名",语焉不详。《色彩描写词语例释》(1983:236):"像柳叶那样的嫩绿色。"首引《红楼梦》第六十三回(见上文)。次引明施耐庵《水浒全传》:"柿红战袄遮银镜,～征裙压绣鞍。"另:《金瓶梅词话》第五十六回:"只见西门庆头戴忠靖冠,身穿～纬罗直身,粉头靴儿;月娘上穿～杭绢对衿袄儿。"

【绿】 lǜ 形 青黄色。|共 37 例,其中后四十回 4 例。王夫人抱着宝玉,只见他面白气弱,底下穿着一条～纱小衣皆是血渍。(三十三/444)"荷出～波,日映朝霞"之姿。(四十三/582)遂吩咐家人预备四乘～轿。(八十三/1172) 比较 例 1 中"绿",列藏本作"线"(15·09080);例 2 中"绿",列藏本作"渌"(11·06897)。

《大字典》(6·3648)义项①:"像草或树叶壮盛时的颜色。蓝颜料和黄颜料配合时即呈绿色,古时谓之青黄色。"首引《诗·邶风·绿衣》:"～兮衣兮,～衣黄里。"毛传:"～,间色。"孔颖达疏:"～,苍黄之间色。"次引唐王维《送别》:"春草年年～,王孙归不归?"再引宋杨万里《江水》:"水色本正白,积深自成～。"最后引阮章竞《漳河水》:"层层～树重重雾,重重高山云断路。"

《大词典》(9·914)义项①:"青黄色。"首引与《大字典》同。次引南朝梁刘勰《文心雕龙·隐秀》:"朱～染缯,深而繁鲜。"再引唐温庭筠《菩萨蛮》词之九:"小园芳草～,家住越溪曲。"最后引朱自清《温州的踪迹》二:"我第二次到仙岩的时候,我惊诧于梅雨潭的～了。"

《现汉典》(854):"形 像草和树叶茂盛时的颜色,由蓝和黄混合而成:～叶|嫩～|浓～|桃红柳～|青山～水。"

M

【玫瑰紫】 méiguīzǐ 形 像紫玫瑰那样的颜色。|仅 1 例:(宝钗)蜜合色棉袄,～二色金银鼠比肩褂,葱黄绫棉裙,一色半新不旧,看去不觉奢华。(八/119)

《大词典》(4·531):"像紫玫瑰那样的颜色。"首引《红楼梦》第八回(见上文)。次引《儿女英雄传》第十五回:"看那人约略不上三十岁……家常不穿裙

儿,下边露着～的裤子。"《订补》(468):徐城北《中国京剧·欣赏京剧不容易》:
"人们坐在舞台下面,尽情欣赏那青罗战袍,飘开来,露出红里子,玉色裤管里
露出～里子,踢蹬得满台灰尘飞扬。"

《现汉典》(886):"形像紫红色玫瑰花的颜色。也叫玫瑰红。"无例证。

按:释义取《大词典》,不取《现汉典》。因为《现汉典》将"玫瑰紫"等同"玫
瑰红",有误。《扬州画舫录》(2007:18)明确将"玫瑰紫"纳入紫色范畴:"紫有
大紫、玫瑰紫、茄花紫,即古之油紫、北紫之属。"自然界的"玫瑰"虽多为紫红
色,但借助具体实物"玫瑰"喻指其色时,凸显其紫,便是紫色调"玫瑰紫",凸显
其红,便是红色调"玫瑰红",二者不能混同。另:《红楼梦大辞典》(2010:49):
"紫玫瑰花色。"

【梅红】* méihóng 形像红梅那样的颜色。|仅 1 例:小厮们早已预备下一
张～单帖。(八十三/1168)

《大词典》(4·1048):"像红梅那样的颜色。"首引宋孟元老《东京梦华录·
端午》:"紫苏、菖蒲、木瓜,并皆茸切,以香药相和,用～匣子盛裹。"次引《儿女
英雄传》第四十回:"先那信的盖面一篇只一个～名帖,名帖上印着个名字是
'陆学机'三个字。"最后引《广陵潮》第三十回:"家人喝道:'我们家少爷是特地
来拜望这里少爷的,快去通报一声。'说着,便将一个～单帖递过去。"《订补》
(516):张爱玲《金锁记》:"九老太爷独当一面坐了,面前乱堆着青布面,～签的
账簿。"

《现汉典》未收录此词。

另:《新编红楼梦辞典》(2019:345):"比大红稍浅的颜色。"《红楼梦大辞
典》(2010:122):"近大红而稍浅。"

【蜜合色】 mìhésè 名浅黄白色。|仅 1 例:(宝钗)～棉袄,玫瑰紫二色
金银鼠比肩褂,葱黄绫棉裙,一色半新不旧,看去不觉奢华。(八/119)比较例
中"蜜合色",列藏本作"密合色"、杨藏本作"水绿色"、卞藏本作"米色"(3·
01601)。

《大词典》(8·922):"微黄带红的颜色。"《红楼梦》原为最早书证。后《订
补》(1003):《金瓶梅词话》第二七回:"只见潘金莲和李瓶儿,家常都是白银条
纱衫儿,～纱挑线穿花凤缕金拖泥裙子。"

《现汉典》未收录此词。

按:"蜜合"也作"密合","蜜合色"即"密合色",释义参照与《红楼梦》同时代的《扬州画舫录》(2007:19)"浅黄白色曰密合",即"浅黄白色"。另:《红楼梦语言词典》(1995:572)释义为"浅黄白色";《新编红楼梦辞典》(2019:349)释义为"微黄如蜂蜜的颜色";《红楼梦大辞典》(2010:49)释义为"淡黄如蜂蜜色";《色彩描写词语例释》(1983:256)释义为"蜜褐色(暗褐色)"。

【墨】 mò 黑色。|仅1例:～漆竹帘二百挂。(十七、八/223)比较 例中"墨",列藏本、杨藏本、舒序本、甲辰本、程甲本作"黑"(6·03235)。

《大字典》(1·523)义项②:"黑色。如:～镜;～菊;～玉。"首引《左传·僖公三十三年》:"遂～以葬文公,晋于是始～。"次引南朝齐孔稚珪《北山移文》:"纽金章,绾～绶,跨属城之雄,冠百里之首。"最后引唐裴说《怀素台歌》:"枯树槎。乌梢蛇,～老鸦。"

《大词典》(2·1214)义项②:"黑色。"首引唐韩翃《送刘将军》诗:"青巾校尉遥相许,～稍将军莫大夸。"次引《西游补》第四回:"一只粉琉璃桌子,桌上一把～琉璃茶壶。"

按:《大词典》首引例证偏晚。

《现汉典》(923)义项⑥:"黑或近于黑的:～菊|～镜。"

【墨烟】 mòyān 名 墨烟色。|仅1例:你把那石头盆景儿和那架纱桌屏,还有个～冻石鼎,这三样摆在这案上就够了。(四十/540)

《大词典》《现汉典》均未收录此词。

按:参照《新编红楼梦辞典》(2019:72)释义:"墨烟色。"另:《红楼梦注解》(1981:238)释义为"墨黑色"。

O

【藕合】 ǒuhé 形 深紫绿色。|仅1例:林黛玉虽然哭着,却一眼看见了,见他穿着簇新～纱衫,竟去拭泪。(三十/407)比较 例中"藕合",列藏本作"藕色"(11·06304)。

《大词典》(9·599-600):"亦作'藕荷',浅紫而微红的颜色。"首引《儒林外史》第四二回:"一个穿大红洒线直裰,一个穿～洒线直裰。"次引《红楼梦》第三十回(见上文)。最后引《花城》1981年第6期:"她穿了一套优雅、文馨的藕荷色上海时装。"

《现汉典》(969)认为"藕合"同'藕荷'"。释义"藕荷"(969): 形 浅紫而微红的颜色。也作藕合。"无例证。

按: "藕合"词义及词形均具有时代性,释义参照与《红楼梦》同时代的《扬州画舫录》(2007:19)"深紫绿色曰藕合",即"深紫绿色"。另:《大词典》首引例证偏晚,至晚明代已有用例。《金瓶梅》第七十七回:"又用纤手掀起西门庆～段衤旋子,看见他白绫裤子。"《天凑巧》第三回:"(方公子)走到跟前,一把搂住云仙,吃合杯酒,被云仙一掀,把一领斩新～花绸道袍,泼了一身。"

【藕合色】 ǒuhésè 名 亦作"藕荷色",深紫绿色。|共2例:一面早有熙凤命人送了一顶～花帐,并几件锦被缎褥之类。(三/51)只见他(鸳鸯)穿着半新的～的绫袄,青缎掐牙背心,下面水绿裙子。(四十六/615) 比较 例1中"藕合色",甲辰本、卞藏本作"藕荷色",蒙府本、戚序本、戚宁本作"藕色"(2·00642)。例2中"藕合色",庚辰本作"藕合",列藏本、甲辰本、程甲作"藕色"(16·09668)。

《大词典》《现汉典》均未收此词。但《大词典》(9·599－600)释义"藕合"所引《花城》例证为"藕荷色"。

按: "藕合色"与"藕合"词性不同,但词义相同,故仍释义为"深紫绿色"。另:《红楼梦语言词典》(1995:619)释义:"淡紫绿色。"

P

【皤】 pó 白色。|仅1例:又另派家中旧有曾演学过歌唱的女人们——如今皆已～然老妪了,着他们带领管理。(十七、十八/234)

《大字典》(5·2838)义项②:"白色。"首引《易·贲》:"贲如～如,白马翰如,匪寇,婚媾。"孔颖达疏:"～是素白之色。"次引唐韩愈《月蚀诗效玉川子作》:"弊蛙拘送主府官,帝箸下腹尝其～。"朱熹考异:"～,腹下白处也。"

《大词典》(8·275)义项①:"白色。"首引同《大字典》。次引金完颜璹《临江仙》词:"卢郎心未老,潘令鬓先～。"再引明孙仁儒《东郭记·出而哇之》:"吾已鬓成～,见汝容颜更摧挫。"最后引清周亮工《十八兄开也六十初度和诸君子诗》:"关心骨肉耐风波,痛定惊看发尽～。"

《现汉典》(1012):"〈书〉①白色:白发～然。"

Q

【漆黑】 qīhēi 形 颜色极黑。| 仅 1 例:(宝钗)头上挽着～油光的鬈儿。(八/119) 比较 例中"漆黑",甲辰本、程甲本作"黑漆"(3·01601)。

《大词典》(6·66)义项②:"颜色极黑。"首引宋苏轼《赠潘谷》诗:"布衫～手如龟,未害冰壶贮秋月。"次引《二十年目睹之怪现状》第五四回:"上院的时候,先把乌须药拿头发染的～。"最后引冰心《两个家庭》:"～的眼睛,绯红的腮颊,不问而知是闻名未曾见面的侄儿小峻了。"

《现汉典》(1022):"形 状态词。①颜色非常黑:～的头发。"

【浅碧】 qiǎnbì 形 浅青绿色。| 仅 1 例:因见柳叶才吐～,丝若垂金,莺儿便笑道:"你会拿着柳条子编东西不会?"(五十九/810) 比较 例中"吐浅碧",蒙府本、程甲本作"点碧"(21·12787)。

《大词典》《现汉典》均未收录此词。

按:"碧"为"青绿色","浅碧"则为"浅青绿色"。另:《新编红楼梦辞典》(2019:402)释义为"浅绿色"。"浅碧",唐诗中就有用例。唐孟郊《济源春》:"深红缕草木,～珩溯洄。"唐元稹《莺莺诗》:"殷红～旧衣裳,取次梳头暗淡妆。"

【茜】 qiàn 绛红色。| 共 8 例,均在前八十回。蒋玉菡情赠～香罗。(二十八/373)～纱窗真情揆痴理。(五十八/796)～裙偷傍桃花立。(七十/966) 比较 例 2 中"茜",戚序本、戚宁本、卞藏本作"茜红"(20·12558)。

《大字典》(6·3411)义项②:"绛色(深红色)。"首引晋佚名《休洗红》:"休洗红,洗多红色淡。不惜故缝衣,记得初按～。"次引唐李群玉《黄陵庙》:"黄陵庙前莎草春,黄陵女儿～裙新。"最后引明汤显祖《牡丹亭·惊梦》:"你道翠深深出落的裙衫儿～。"

《大词典》(9·364)义项②："绛红色。"首引同《大字典》。次引明张景《飞丸记·客途感慨》："露滑霜沾,轮埋足蹇,几树霜枫如～。"最后引瞿秋白《文艺杂著·猪八戒》："唐僧没法,蹒跚踟蹰,捧着破钵不住地在他洞房前～纱窗下走着,没好意思。"

按:《大词典》首引例证偏晚,且"几树霜枫如～"中的"茜"为名物词。

《现汉典》(1045)义项②："红色:～纱。"

【茄色】 qiésè 名 茄紫色。|仅1例:(宝玉)只穿一件～哆罗呢狐皮袄子。(四十九/663)

《大词典》《现汉典》均未收此词。

按:释义参照《红楼梦大辞典》(2010:54)"茄紫色"。另:《色彩描写词语例释》(1983:289-290)释义:"像茄子那样的紫颜色。"首引《红楼梦》第四十九回(见上文)。次引周立波《山乡巨变》："我那回扯的,是种～条子的花哗叽,布料不算好,颜色倒是正配她这样年纪。"

【青】 qīng 形 ①绿色。|共20例,其中后四十回4例。绿的定是～芷。(十七、八/227)他娘只顾赶他,不防脚下被～苔滑倒。(五十九/814)惟有白石花阑围着一颗～草,叶头上略有红色。(一一六/1541) 比较 例1中"青",杨藏本作"菁"(6·03298)。

《大字典》(7·4311):义项①："春季植物叶子的绿色。"义项②："深绿色。"首引《古诗十九首》之二："～～河畔草,郁郁园中柳。"次引宋苏轼《雨》："～秧发广亩,白水涵孤城。"最后引明何景明《咏怀》："～蕙缘广隰,绿蘅被洲中。"

《大词典》(11·515)义项①："颜色名。(1)绿色,似植物叶子的颜色。"首引同《大字典》次引。次引同《大字典》最后引。

②蓝色。|共31例,其中后四十回8例。进入堂屋中,抬头迎面先看见一个赤金九龙～地大匾。(三/43)姑娘们快瞧云姑娘去,吃醉了图凉快,在山子后头一块～板石凳上睡着了。(六十二/855)可怜绣户侯门女,独卧～灯古佛旁。(一一八/1563)

《大字典》(7·4311)义项③："蓝色。"首引《荀子·劝学篇》："～取之于蓝而～于蓝。"次引唐李白《宣州谢朓楼饯别校书叔云》："俱怀逸兴壮思飞,欲上

～天览明月。"最后引元揭傒斯《夏五月武昌舟中触目》："～山如龙入云去,白发何人并沙语。"

《大词典》(9·515)义项①:"颜色名。(2)蓝色。参见'青天'。"

《现汉典》(1060)义项①:"形 蓝色或绿色:～天|～山绿水|～苔。"

按:《红楼梦》"青"所表"蓝色",包括"匾"或"脸""面"之"深蓝色";"天"之"蔚蓝色";"光""焰"或"盐"之"蓝白色";"石"之"蓝绿色"。

③黑色。|共44例,其中后四十回9例。登着～缎粉底小朝靴。(三/48)～羊二十个。(五十三/719)想到其间,便要把自己的～丝绦去,要想出家。(一一二/1505)

《大字典》(7·4311)义项⑤:"黑色。"首引《书·禹贡》:"(梁州)厥土～黎,厥田唯下上。"孔颖达疏:"王肃曰:'青,黑色。'"次引唐李白《将进酒》:"君不见高堂明镜悲白发,朝如～丝暮成雪。"最后引《太平广记》卷二百五十一引《笑言》:"吹火～唇动,添薪黑腕斜,遥看烟里面,恰似鸠盘茶。"

《大词典》(9·515)义项①:"颜色名。(4)黑色。"首引同《大字典》。次引《楚辞·大招》:"～色直眉,美目媔只。"洪兴祖补注:"青色,谓眉也。"再引宋王观《生查子》词:"两鬓可怜～,一夜相思老。"最后引明冯梦龙《山歌·比》:"凭你春山弗比得姐个～,凭你秋波弗比得姐个明。"

《现汉典》(1060)义项②:"形 黑色:～布。"

【**青黄**】* qīnghuáng 形 指黄中带青。形容不健康的脸色。仅1例:只见紫鹃在外间空床上躺着,颜色～。(九十七/1340)

《大词典》(11·537)义项①:"又指黄中带青。形容不健康的脸色。"唯一例证张天翼《仇恨》:"每张～的脸上没了先前的兴奋。"按:《大词典》此义项例证偏晚。

《现汉典》未收录此词。

【**青绿**】 qīnglǜ 形 深绿色。|共2例:大紫檀雕螭案上,设着三尺来高～古铜鼎。(三/43)月台上设着～古铜铜鼎彝等器。(五十三/723)

《大词典》(11·552)义项③:"深绿色。"首引《红楼梦》第三回(见上文)。次引清阮元《小沧浪笔谈》卷三:"面上涂金如新,背～斑驳,古色可爱。"

《现汉典》(1061):"形 深绿色:～的松林。"

另:《大词典》(11·552)义项④:"即绿色。"仅引当代作家艾芜《回家》:"在一批~的农作物中,伏着几间灰褐色的茅屋。"

【秋香色】 qiūxiāngsè 名 暗黄色。｜共 5 例,其中后四十回 1 例。那个软烟罗只有四样颜色:一样雨过天晴,一样~,一样松绿的,一样就是银红的。(四十/533)只见他里头穿着一件半新的靠色三镶领袖~盘金五色绣龙窄裉小袖掩衿银鼠短袄。(四十九/661)只见妙玉头带妙常髻,身上穿一件月白素绸袄儿,外罩一件水田青缎镶边长背心,拴着~的丝绦,腰下系一条淡墨画的白绫裙。〔(一〇九/1470) 比较 例 1 中"秋香色",杨藏本作"秋香的"(14·08306)。

《大词典》(8·39):"暗黄色。"唯一例证源自《红楼梦》第四十回(见上文)。

《现汉典》未收录此词。

另:《红楼梦语言词典》(1995:694)释义为"淡黄色";《新编红楼梦辞典》(2019:417)释义为"一种淡黄绿的颜色";《红楼梦大辞典》(2010:49/61)释义为"深黄色""一种呈淡黄绿的灰色"。

【趣青】* qùqīng 形 很青。｜仅 1 例:(巧姐儿)脸皮~,眉梢鼻翅微有动意。(八十四/1188)

《大词典》《现汉典》均未收录此词。

按:释义参照《色彩描写词语例释》(1983:304)"趣青":"(口语)很青。"首引《红楼梦》第八十四回(见上文)。次引梁斌《播火记》:"霜泗打了个尖锐的口哨,从小屋里跑出一匹菊花青溜蹄大走马。身上毛色~,脊梁上有几片旋花白毛,活像菊花,颈上带着一串水泡铜铃,马一走起来,铃声嘟嘟响着。"另:《新编红楼梦辞典》(2019:420)释义:"极青。'趣'同'趣'(qū)。"《红楼梦大辞典》(2010:39)释义:"青得厉害。"

S

【石榴红】 shíliúhóng 形 像石榴花的红色。｜共 2 例:可惜这~绫最不经染。(六十二/861)(宝蟾)上面系一条松花绿半新的汗巾,下面并未穿裙,正露着~洒花夹裤,一双新绣红鞋。(九十一/1262) 比较 例 1 中"石榴红",庚辰本、己卯本作"柘榴红"(22·13628)。

《大词典》(7·997):"像石榴花一般的朱红色。"唯一例证源自《红楼梦》第九一回(见上文)。

《现汉典》未收录此词。

按:释义参照《红楼梦语言词典》(1995:768):"像石榴花的红色。"不取《大词典》(7·997):"像石榴花一般的朱红色。"因为"石榴红"是用以描写香菱、宝蟾"裙""裤"之色,应该说,释义为泛指性的"红色"比释义为带有正色性质的"朱红色",更符合香菱作为"妾"、宝蟾作为"丫鬟"的身份。另:《新编红楼梦辞典》(2019:460):"像红色石榴花一般的颜色。"

【石青】 shíqīng 形 如同石青的一种蓝色。|共9例,均在前八十回。~金钱蟒引枕。(三/44)(凤姐儿)穿着桃红撒花袄,~刻丝灰鼠披风。(六/98)这裤子配着松花色袄儿、~靴子,越显出这靛青的头,雪白的脸来了。(七十八/1096) 比较 例2中"石青",杨藏本作"青石"(3·01265)。

《大词典》(7·985)义项②:"如同石青的一种蓝色。"唯一例证源自《红楼梦》第五二回:"贾母见宝玉身上穿着……大红猩猩毡盘金彩绣~妆缎沿边的排穗褂子。"

《现汉典》未收录此词。

另:《新编红楼梦辞典》(2019:460)义项②:"用石青染料染出的衣物的颜色。"《红楼梦大辞典》(2010:49/61)释义为"如蓝铜矿所制颜料般的蓝色""淡蓝色"。

【霜】 shuāng 名 喻白色。|仅1例:说什么脂正浓、粉正香,如何两鬓又成~?(一/18)

《大字典》(7·4336)义项②:"白色。"首引南朝梁范云《送别》:"不愁书难寄,但愁鬓将~。"次引唐杜甫《古柏行》:"~皮溜雨四十围,黛色参天二千尺。"再引《徐霞客游记·游武彝山日记》:"鹤模石在峰壁罅间,~翮朱顶,裂纹如绘。"最后引惜秋等《维新梦·外交》:"最可虞的是苏卿北去书无帛,洪皓南归鬓有~。"

《大词典》(11·707)义项②:"喻白色或变成白色。"首引同《大字典》。次引唐李白《古风》之四:"徒~镜中发,羞比鹤上人。"最后引郁达夫《病后访担风先生有赠》诗:"最怜季世河东叟,十载驰驱两鬓欲~。"

《现汉典》(1224)义项③:"比喻白色:~鬓(两鬓的白发)。"

【水红】 shuǐhóng 形 比粉红略深而较鲜艳的颜色。│共 4 例,均在前八十回。(宝玉)回头见鸳鸯穿着~绫子袄儿,青缎子背心,束着白绉绸汗巾儿。(二十四/319)又看包袱,只得一个弹墨花绫~绸里的夹包袱,里面只包着两件半旧棉袄与皮褂。"(五十一/692)底下是~撒花夹裤,也散着裤腿。(六十三/867)比较 例 1 中"水红",列藏本、杨藏本、郑藏本作"桃红"(8·04846)。

《大词典》(5·868)义项①:"比粉红略深而较鲜艳的颜色。"首引《红楼梦》第四九回:"一件~妆缎狐肷褶子。"次引庐隐《海滨故人》四:"一个小女孩,披着满肩柔发,穿着一件洋式~色的衣服,露出两个雪白的膝盖,沿着荷池,跑来跑去。"最后引周立波《暴风骤雨》第一部十五:"炕梢的炕琴上摞着好几床被子,有深红团花绸面的,有~小花绸面的,还有三镶被。"《订补》(614):《型世言》第二六回:"姨娘不像在舡中穿个青布衫,穿的是玄色水纱,白生绢袄衬~胡罗裙,打扮得越娇了。"

《现汉典》(1225):形 比粉红略深而较鲜艳的颜色。"无例证。

另:《新编红楼梦辞典》(2019:477)释义:"又叫银红,是一种比红色淡,比粉红略深而较鲜艳的颜色。"《红楼梦大辞典》(2010:51/54/56)释义为"比粉红略深而鲜艳"。

【水绿】 shuǐlù 形 浅绿色。│仅 1 例:只见他(鸳鸯)穿着半新的藕合色的绫袄,青缎掐牙背心,下面~裙子。(四十六/615)比较 例中"水绿",蒙府本作"水红"、列藏本作"绿"(16·09668)。

《大词典》(5·883):"浅绿色。"唯一例证茹志鹃《百合花》:"两边地里的秋庄稼,却给雨水冲洗得青翠~,珠烁晶莹。"按:首引例证偏晚。

《现汉典》(1226):形 浅绿色。"无例证。

【松花】 sōnghuā 名 指松花般的黄色。│共 4 例,均在前八十回:下面半露~撒花绫裤腿。(三/48)宝玉听说,喜不自禁,连忙接了,将自己一条~汗巾解了下来,递与琪官。(二十八/386)莺儿道:"~配桃红。"(三十五/470)(宝玉)只穿着一件~绫子夹袄。(七十八/1096)比较 例 1 中"松花",己卯本、列

137

藏本、杨藏本、卞藏本作"松花绿"，戚序本、戚宁本作"松花色"（2·00606）。例2中"松花"，列藏本、杨藏本作"松花绿"（10·05955）。例3中"松花"，舒序本作"松花色"（12·07349）。例4中"松花"，蒙府本、戚序本、戚宁本作"松花绿"，列藏本作"松色"（29·17932）。

《大词典》（4·870）义项③："指松花般的黄色。"唯一例证源自《红楼梦》第二八回（见上文）。

《现汉典》（1243）收录"松花"，仅有名物义而无颜色义。

按：《大词典》以《红楼梦》为首见例证，时间偏晚。大约隋唐时期"松花"已从名物义"松树的花"引申出"松花色"义，唐代《资暇集》所记"松花笺"即为此色。参看明代文震亨、屠隆《长物志 考槃余事》（2012：160）。另：《新编红楼梦辞典》（2019：485）释义为"偏黑的深绿色"，《红楼梦大辞典》（2010：47/58）释义为"浅黄绿色"，均不确。

【松花绿】* sōnghuālǜ 形 嫩绿色。|共2例：（宝蟾）穿了件片锦边琵琶襟小紧身，上面系一条～半新的汗巾。（九十一/1261）此时蒋玉菡念着宝玉待他的旧情，倒觉满心惶愧，更加周旋，又故意将宝玉所换那条～的汗巾拿出来。（一二〇/1597）

《大词典》（4·870）："嫩绿色。"原唯一例证引自《红楼梦》第九一回（见上文）。后《订补》（492）：白先勇《玉卿嫂》："椅背上挂着玉卿嫂那件枣红滚身，她那双～的绣花鞋儿却和庆生的黑布鞋齐垛垛的放在床前。"

《现汉典》未收此词。

【松花色】 sōnghuāsè 名 如松花般的嫩黄色。|共3例，其中后四十回1例：宝玉道："～配什么？"（三十五/470）这裤子配着～袄儿、石青靴子，越显出这靛青的头，雪白的脸来了。（七十八/1096）（熙凤）叫平儿取了一件大红洋绉的小袄儿，一件～绫子一斗珠儿的小皮袄，一条～盘锦镶花绵裙，一件佛青银鼠褂子，包好叫人送去。（九十/1256）比较 例1中"松花色"，杨藏本作"松花录"（12·07348）。例2中"松花色"，蒙府本、戚序本、戚宁本作"松花"，杨藏本作"松黄"（29·17936）。

《大词典》（4·870）："如松花般的嫩黄色。"原唯一例证引自《红楼梦》第七八回（见上文）。后《订补》（492）：张爱玲《童言无忌》："古人的对照不是绝对的,而是参差的对照,譬如说:宝蓝配苹果绿,～配大红,葱绿配桃红。"

《现汉典》(1243)未收录此词。

按:《大词典》以《红楼梦》为首见例证,时间偏晚。大约元明时期已有"松花色",《醒世姻缘传》中有"～秋罗大袖衫"。另:《红楼梦大辞典》(2010:297)释义为"淡黄色"。

【松绿】 sōnglǜ 形 像松叶那样的青绿色。|仅 1 例:那个软烟罗只有四样颜色:一样雨过天晴,一样秋香色,一样～的,一样就是银红的。(四十/533)

《大词典》(4·876):"松花绿。"原唯一例证引自《红楼梦》。后《订补》(493):方李莉《中国陶瓷》第十一章:"在粉彩颜料中有一系列不透明的粉彩颜色,如粉黄、宫粉、～、粉翡翠等。"

《现汉典》未收录此词。

按:《大词典》释义"松绿"为"松花绿",有误。因为"松花"是黄色,是人都能感知的,"松花绿"很有可能是《红楼梦》早期抄本传抄时的一种误用。故释义参照《中国颜色名称》(1997:81):"松绿"又称"松叶绿";《色彩描写词语例释》(1983:329)"松绿色":"像松叶那样的青绿色。"

【素】 sù 白色。|共 13 例,其中后四十回 4 例。公事一毕,便换了～服,坐大轿鸣锣张伞而来,至棚前落轿。(十四/190)至次日五更天,一乘～轿,将二姐抬来。(六十五/904)这～纸一扎是写《心经》的。(八十八/1231)

《大字典》(6·3590)义项③:"本色;白色。"首引《诗·召南·羔羊》:"羔羊之皮,～丝五緎。"毛传:"素,白也。"次引《论语·八佾》:"绘事后～。"何晏注:"凡绘画先布众色,然后以～分布其间。"最后引晋左思《杂诗》:"明月出云崖,皦皦流～光。"

《大词典》(9·729)义项②:"白色;无色。"首引同《大词典》。次引《管子·水地》:"～也者,五色之质也。"尹知章注:"无色谓之素。"再引南朝宋谢惠连《雪赋》:"皓鹤夺鲜,白鹇失～。"宋王安石《白鹤吟》:"吾岂厌喧而求静,吾岂好丹而非～?"最后引元戴良《赠别祝彦明》诗:"此时悲送君,安能发不～?"

《现汉典》(1248)义项①:"本色;白色:～服。"

【素白】 sùbái 形 素净的白色。|仅 1 例:尤二姐一看,只见头上皆是～银器。(六十八/939)

《大词典》(9·732)义项②:"洁白明亮。"唯一例证萧红《生死场》十五:"女人们一进家屋,屋子好像空了;房屋好像修造在天空,～的阳光在窗上,却不带来一点意义。"

《现汉典》未收录此词。

按:王熙凤面见尤二姐时,头上所戴银器之"素白",是一种"素净的白色",为丧葬服饰之色,有别于《大词典》书证中"素白"阳光的"洁白明亮"。

T

【檀】 tán 浅红色。│仅1例:～口点丹砂。(六十五/909)

《大字典》(3·1399)义项③:"浅绛色,或浅赭色。"首引唐韩偓《余作探使以缭绫手帛子寄贺因而有诗》:"黛眉印在微微绿,～口消来薄薄红。"次引苏轼《王伯敭所藏赵昌画四首梅花·黄葵》:"～心自成晕,翠叶森有芒。"最后引明陈继儒《枕谭·檀晕》:"画家七十二色有～色,浅赭所合,妇女晕旁眉色似之,故称檀晕。"

《大词典》(4·1347)义项②:"浅红色;浅赭色。"首引唐罗隐《牡丹》诗:"艳多烟重欲开难,红蕊当心一抹～。"次引同《大字典》首引。

《现汉典》(1269)无相应颜色义项。

【桃红】 táohóng 形 像桃花一样的粉红色。│共6例,其中后四十回2例。松花配～。(三十五/470)又看身上穿着～百子刻丝银鼠袄子。(五十一/691)(五儿)却因赶忙起来的,身上只穿着一件～绫子小袄儿。(一〇九/1465)

比较 例1中"桃红",舒序本作"桃红色"(12·07349)。

《大词典》(4·984):"粉红色。"首引南朝梁刘遵《繁华应令》诗:"鲜肤粉胜白,慢脸若～。"次引五代王仁欲《开元天宝遗事·红汗》:"(贵妃)每至汗出,红腻而多香,或拭之于巾帕之上,其色如～也。"最后引秦牧《花市徜徉录》:"单说一样红吧,就有朱砂红、石榴红、猩红、紫红、橘红、～。"

《现汉典》(1277):"形 像桃花的颜色;粉红。"

按:参照《新编红楼梦辞典》(2019:501)释义:"像桃花一样的粉红色。"另:《红楼梦大辞典》(2010:55)释义为"色如桃花之粉红";《红楼梦语言词典》

(1995：839)释义为"像桃花那样的红色"。

【铁青】 tiěqīng 形 青黑色。|仅 1 例：薛蟠自骑一匹家内养的～大走
骡。（四十八/642）比较 例中"铁青"，蒙府本作"火青"，戚序本、戚宁本作"大
青"（16·10106）。

《大词典》（11·1404）："青黑色。常形容人矜持、恐惧、盛怒或患病时发青
的脸色。也表示脸色发青。"首引鲁迅《呐喊·狂人日记》："前面一伙小孩子，
也在那里议论我，眼色也同赵贵翁一样，脸色也都～。"次引沙汀《凶手》："而断
腿天兵呢，他却～了脸，颤抖着膝盖，依轮次去履行他的入伍手续去了。"最后
引周而复《上海的早晨》第四部五九："林宛芝给问的答不上话来，红润润的脸
蛋顿时气得～。"

《现汉典》（1304）："形 青黑色。多形容人恐惧、盛怒或患病时发青的脸
色。"无例证。

按："铁青"，《大词典》首引书证时间滞后，元末明初已有文献记载，如《朴
通事》中就有"铁青玉面马"①的用例。另：《红楼梦大辞典》（2010：26）释义为
"青灰色"；《色彩描写词语例释》（1983：341）释义"铁青色"为"灰青色"。

【通红】 tōnghóng 形 很红；十分红。|共 11 例，其中后四十回 5 例。林
黛玉听了，不觉带腮连耳～。"（二十三/315）那大夫见这只手上有两根指甲，足
有三寸长，尚有金凤花染的～的痕迹。（五十一/697）薛姨妈急来看时，只见宝
钗满面～，身如燔灼，话都不说。（九十一/1266）

《大词典》（10·932）："很红；十分红。"首引宋苏轼《书双竹湛师房》诗："白
灰旋拨～火，卧听萧萧雪打窗。"次引《九命奇冤》第八回："易行此时羞得满面
～，手足无措，只恨没有地缝可以钻得下去。"最后引刘白羽《长江三日》："早
晨，一片～的阳光，把平静的江水照得像玻璃一样发亮。"

《现汉典》（1310）释义："形 状态词。很红；十分红：脸冻得～|炉火～。"

【酡绒】tuóshì 名 深黄赤色。|仅 1 例：当时芳官满口嚷热，只穿着一件玉

---

① 兰州大学中文系语言研究室、兰州大学计算机科学系：《老乞大朴通事索引》，语文出版
社 1991 年版，第 318 页。

色红青～三色缎子斗的水田小夹袄。(六十三/867) 比较 例中"酡绒",庚辰本作"酡绒",蒙府本、戚序本、戚宁本、列藏本、杨藏本、甲辰本、程甲本作"驼绒"(22·13725)。

按:释义参照《扬州画舫录》(2007:18):"深黄赤色曰驼茸。"根据《红楼梦》早期抄本异文比较,"酡绒""酡绒"为"驼绒"之讹变。《大词典》(12·822):"驼茸,即驼绒。"参看拙文(2018)。

W

【微红】 wēihóng 形 稍微有点红的颜色。|共 3 例:宝玉看见袭人两眼～,粉光融滑。(十九/257)烟凝媚色春前萎,霜浥～雪后开。(九十四/1301)这金桂初时原要假意发作薛蝌两句,无奈一见他两颊～,双眸带涩,别有一种谨愿可怜之意,早把自己那骄悍之气感化到爪洼国去了。(一〇〇/1372) 比较 例 1 中"微红",列藏本、杨藏本作"红"(7·03773)。

《大词典》《现汉典》均未收录此词,但《现汉典》(1358)释义"微"时用例有"微红":" 副 稍微;略微:～感不适|面色～红。"

【乌】 wū 形 黑色。|共 19 例。俄而大轿抬着一个～帽猩袍的官府过去。(一/19)再几年,岫烟也未免～发如银,红颜似槁了。(五十八/800)他们各自家里还～眼鸡似的。(一〇一/1382)

《大字典》(4·2360)义项②:"黑色。如～云;～亮。"首引《史记·匈奴列传》:"北方尽～骊马,南方尽骍马。"次引《儒林外史》第十四回:"马二先生身子又长,戴一顶高方巾,一幅～黑的脸。"

《大词典》(7·65)义项②:"黑色。"首引宋苏轼《将往终南和子由见寄》:"穷年弄笔衫袖～,古人有之我愿如。"次引周立波《暴风骤雨》第一部十六:"红血变～了。"

《现汉典》(1379)义项②:" 形 黑色:～云|～木|脸色发～。"

【乌油】 wūyóu 形 谓黑而光润。|仅 1 例:蜂腰削背,鸭蛋脸面,～头发,高高的鼻子,两边腮上微微的几点雀斑。(四十六/615)

《大词典》(7·69)："谓黑而光润。"首引《红楼梦》第四六回(见上文)。次引茅盾《子夜》一："前面一所大洋房的两扇～大铁门霍地荡开,汽车就轻轻地驶进门去。"

《现汉典》未收此词。

按:《大词典》首见例证源自《红楼梦》,用例偏晚。颜色词"乌油"元末明初就已出现,《水浒传》《西游记》《金瓶梅》等文学作品中都有用例。参看侯立睿(2016:135)"乌油"条。另:《新编红楼梦辞典》(2019:545)释义:"形容头发黑而有光泽。"《红楼梦语言词典》(1995:901)释义:"黑而有光泽(形容头发)。"

X

【**鲜红**】*　xiānhóng 形 鲜明的红色。|共 2 例:(妙玉)急叫醒时,只见眼睛直竖,两颧～。(八十七/1227)(凤姐)只觉得眼前一黑,嗓子里一甜,便喷出～的血来。(一一〇/1485)

《大词典》(12·1227)："鲜明的红色。"首引《南史·齐晋安王子懋传》："有献莲华供佛者……七日斋毕,华更～。"次引宋苏舜钦《答和叔春日舟行》："春入水光成嫩碧,日匀花色变～。"又如:～的领章。

《现汉典》(1418)："形 状态词。形容颜色红而鲜艳:～的朝霞。"

【**猩**】　xīng 鲜红色。|仅 1 例:俄而大轿抬着一个乌帽～袍的官府过去。(一/19) 比较 例中"猩",蒙府本作"红",杨藏本作"新",卞藏本作"星"(1·00214)。

《大字典》(3·1455)义项②："鲜红色。"首引唐韩偓《已凉》诗："碧阑干外绣帘垂,～色屏风画折枝。"次引宋陆游《春雨绝句》："千点～红蜀海棠,谁怜雨里作啼妆。"再引明孟称舜《桃花人面》："瘦凌波款款下阶墀,斜嚲身～裙步又迟。"最后引《红楼梦》第一回(见上文)。

《大词典》(5·85)义项②："指鲜红色。参见'猩色'。"无书证。

《现汉典》(1464)无相应颜色义项。

【**猩红**】　xīnghóng 形 指像猩猩血那样鲜红的颜色。|共 5 例,其中后四十回 1 例。上了正房台矶,小丫头打起～毡帘。(六/96)正面炕上铺新～毡。

《红楼梦》颜色词研究

（五十三/725）到了第二天开箱,这姑爷看见一条~汗巾,方知是宝玉的丫头。"
（一二〇/1597）

《大词典》(5·85－86)义项①:"指像猩猩血那样鲜红的颜色。"首引宋陆游《花下小酌》诗:"柳色初深燕子回,~千点海棠开。"次引《说岳全传》第二二回:"(于工)又将一件~战袍,一条羊脂玉玲珑带,各盛在盘内。"最后引冰心《寄小读者》七:"他们送给我们都灵市特产的蜜甜的巧克力糖,~的玫瑰花。"

《现汉典》(1464):"[形]像猩猩血那样的红色;血红:~的玫瑰花|木棉花盛开,满树~。"

另:《新编红楼梦辞典》(2019:586)《红楼梦语言词典》(1995:967)均释义为"绯红色;血红"。《红楼梦大辞典》(2010:61)释义为"本是中国红毡颜色的一种色标"。

【杏】 xìng①像杏子那样的黄色。|共7例,均为"杏帘"。"如今莫若'~帘在望'四字。"(十七、八/224)②像杏花那样的粉红色。|仅1例:~脸香枯,色陈颥颔。(七十八/1108)

《大字典》(3·1243)义项⑤:"像杏子那样的。如~红;~黄旗;柳眉~眼。"引元王实甫《西厢记》第四本第一折:"~脸桃腮,乘着月色。"

《大词典》(4·774)义项⑤:"像杏子或杏花那样颜色的。参见'~黄''~脸桃腮'。"无书证。《大词典》(4·776)"~脸桃腮":"亦作'~腮桃脸'。形容女子白而红润的容颜。"首引宋辛弃疾《西江月·赋丹桂》:"~腮桃脸费铅华,终惯秋蟾影下。"次引元王实甫《西厢记》第四本第一折:"~脸桃腮,趁着月色,娇滴滴越显得红白。"最后引《水浒传》第三八回:"~脸桃腮,酝酿出十分春色;柳眉星眼,妆点就一段精神。"

《现汉典》(1469)收录"杏",但无颜色义项。

按:"杏",花粉红色或白色。核果,成熟时黄红色。旧时酒店前悬挂的酒旗,多用杏黄色,所以叫"杏帘"。"杏帘"之"杏",指的杏子之色,即"杏黄色"。"杏脸"之"杏",是指"脸"之色,而不是"脸"之形;《大字典》释义为"像杏子那样的"不准确。《大词典》释义为"像杏子或杏花那样颜色的",不如分项释义为"像杏子那样颜色的""像杏花那样颜色的"。

【杏子红】 xìngzǐhóng [形]像杏子那样黄中带红的颜色。|仅1例:那林

黛玉严严密密裹着一幅～绫被,安稳合目而睡。(二十一/279)

《大词典》《现汉典》均未收录此词。

另:《大词典》(4·775)、《现汉典》(1469)"杏红":"黄中带红,比杏黄稍红的颜色。"《色彩描写词语例释》(1983:376)"杏红色":"黄中带红,比杏黄略红的颜色。也叫'杏子红'。"

【雪】 xuě 白色。|共5例,均在前八十回。两边石栏上,皆系水晶玻璃各色风灯,点的如银花～浪。(十七、十八/237)家里有～浪纸,又大又托墨。(四十二/569)这尤三姐松松挽着头发,大红袄子半掩半开,露着葱绿抹胸,一痕～脯。(六十五/909)

《大字典》(7·4323)义项②:"白色。"首引隋卢思道《孤鸿赋》:"振～羽而临风,掩霜毛而候旭。"次引唐李白《将进酒》:"君不见高堂明镜悲白发,朝如青丝暮成～。"再引元赵孟頫《题耕织图·织五月》:"老蚕成～茧,吐丝乱纷纭。"最后引邓中夏《过洞庭》:"～浪拍长空,阴森疑鬼怒。"

《大词典》(11·620)义项②:"白色。"首引同《大字典》。次引唐白居易《别行简》诗:"漠漠病眼花,星星愁鬓～。"最后引同《大字典》再引。

《现汉典》(1489)义项②:"颜色或光彩像雪的:～白|～亮。"

【雪白】 xuěbái 形 像雪一样的洁白。|共5例,其中后四十回1例。左右一望,皆～粉墙。(十七、八/219)这裤子配着松花色袄儿、石青靴子,越显出这靛青的头,～的脸来了。(七十八/1096)正在那里看时,只见黛玉颜色～。(九十六/13～)

《大词典》(11·621)义项①:"像雪一样的洁白。"首引《太平御览》卷八六〇引晋束皙《饼赋》:"尔乃重罗之面,尘飞～。"次引宋李流谦《虞美人·春怀》词:"荼蘼～牡丹红。犹及尊前一醉,赏芳秾。"再引《二十年目睹之怪现状》第四五回:"这里场盐是～的,运到汉口,便变了半黄半黑的了。"最后引冯至《半坡村》诗:"～的棉花纺成了细纱,～的细纱织成了布匹。"

《现汉典》(1489):"形 状态词。像雪那样的洁白:～的墙壁|梨花盛开,一片～。"

【血色】* xuèsè 名 指皮肤健康红润的颜色。|共2例:脸上一点～也没有。(八十三/1170)见黛玉颜色如雪,并无一点～,神气昏沉,气息微细。(九

十七/1331)

《大词典》(8·1341)义项①:"亦指皮肤健康红润的颜色。"首引《红楼梦》
第八三回(见上文)。次引鲁迅《彷徨·祝福》:"脸色青黄,只是两颊上已经消
失了～。"

《现汉典》(1491):"名 皮肤红润的颜色:面无～。"

Y

【烟青】 yānqīng 形 如烟般的青黑色。|仅 1 例:眉黛～,昨犹我画。
(七十八/1109)比较 例中"烟青",杨藏本作"眼青"(20·18170)。

《大词典》《现汉》均未收录此词。

按:"黛",青黑色的颜料,古代女子用以画眉,因称眉为"眉黛";"烟青"用
以形容"眉黛"之色,释义为"如烟般的青黑色"。另:《中国颜色名称》(1997:
50)释义为"淡青或淡蓝的烟色"。

【胭脂】 yānzhi 名 像胭脂那样鲜艳的红色。|共 3 例:况且他(香菱)眉
心中原有米粒大小的一点～痣,从胎里带来的,所以我却认得。(四/60)御田
～米二石。(五十三/719)一碟腌的～鹅脯。(六十二/858)比较 例 1 中"胭
脂",卞藏本作"红"(2·00750);例 3 中"胭脂",戚序本、戚宁本作"脂"(22·
13575)。

《大词典》(6·1244):"亦作'臙脂'。一种用于化妆和国画的红色颜料。
亦泛指鲜艳的红色。"首引唐杜甫《曲江对雨》诗:"林花着雨臙脂湿,水荇牵风
翠带长。"次引《敦煌曲子词·柳青娘》:"故着～轻轻染,淡施檀色注歌唇。"再
引金元好问《同儿辈赋未开海棠》之一:"翠叶轻笼豆颗均,臙脂浓抹蜡痕新。"
明张景《飞丸记·坚持雅操》:"我情愿甘劳役,思量忍命穷,拚得臙脂委落如云
鬓。"清孙枝蔚《后冶春次阮亭韵》:"梨花独自洗～,虢国夫人别样姿。"最后引
杨朔《走进太阳里去》:"张眼一望,遍地都是齐腿腕子深的小麦,麦稍上平涂着
一层～色的朝阳。"

《现汉典》(1502)收录此词,但无此颜色义项。

按：《大词典》所引六例,前五例都是用作名物义,即"一种用于化妆和国画的红色颜料";最后一例准确说是用"胭脂色"而不是"胭脂"来"亦泛指鲜艳的红色"。建议将"胭脂"的名物义与颜色义分设两个义项;增补《红楼梦》为"胭脂"颜色义项书证。

【杨妃色】* yángfēisè 名 淡红色。| 仅 1 例:(黛玉)腰下紧着～绣花棉裙。(八十九/1246)

《大词典》(4·280)"妃色":"即绯色,淡红色。'妃',通'绯'。亦称杨妃色。"无例证。

《现汉典》(375)"妃色":" 名 淡红色。"无例证。未收录"杨妃色"。

另:《色彩描写词语例释》(1983:400)"杨妃色":"简称'妃色',是最浅的一种淡红色。杨妃,即杨贵妃;这里指一种别称'杨家红'的淡红色牡丹花。"首引《红楼梦》(见上文)。次引清曾朴《孽海花》:"举头一望,但见高下屏山,列着无数中外名花,诡形殊态,……内有一花独居高座,花大如斗,作浅～,娇艳无比。"《红楼梦大辞典》(2010:298)"杨妃色":"粉红色之娇艳者。清·邹一桂《小山画谱·山茶》:'粉红者,名杨妃山茶。'今之牡丹、菊花,均有名'醉杨妃'者,亦都是瓣根微带淡胭脂的粉红色。"《新编红楼梦辞典》(2019:613)"杨妃色":"指粉红色。"

【银】 yín 像银子的颜色。| 共 22 例,其中后十回 5 例。两边石栏上,皆系水晶玻璃各色风灯,点的如～花雪浪。(十七、十八/237)又看身上穿着桃红百子刻丝～鼠袄子。(五十一/691)～河耿耿分寒气侵,月色横斜兮玉漏沉。(八十七/1218)

《大字典》(8·4525)义项④:"像银子的颜色。如～燕。"首引南朝梁简文帝《和武帝宴》:"～塘泻清渭,铜沟引直漪。"次引唐杜牧《秋夕》:"～烛秋光冷画屏,轻罗小扇扑流萤。"元关汉卿《裴度还带》第二折:"风缠雪,～鹅戏。"最后引毛泽东《沁园春·雪》:"山舞～蛇,原驰蜡象,欲与天公试比高。"

《大词典》(11·1275)义项⑤:"像银子的颜色。如～河、～耳、～鱼。"无书证。

《现汉典》((1563))义项③:"像银子的颜色:～灰|～幕|～耳。"

【银红】 yínhóng 形 粉红而略带银光的颜色。| 共 8 例,均在前四十回。

地下面西一溜四张椅上,都搭着～撒花椅搭。"(三/44)(袭人)穿着～袄儿,青缎背心,白绫细折裙。(二十六/364)那个软烟罗只有四样颜色:一样雨过天晴,一样秋香色,一样松绿的,一样就是～的。(四十/533)比较 例 2 中"银红",列藏本作"桃红"(9·05414)。

《大词典》(11·1279)释义:"在粉红色颜料里加银朱调和而成的颜色。"原唯一例证来自《红楼梦》第四十回(见上文)。后《订补》(1295):宋《叶适》《橘枝词三首记永嘉风土》之二:"琥珀～未是醇,私酤官卖各生春。"

《现汉典》(1563):"形 粉红而略带银光的颜色。"无例证。

按:第 6 版以前的《现汉典》释义同《大词典》,第 6 版以后的《现汉典》修订为"粉红而略带银光的颜色",今从其说。另:《新编红楼梦辞典》(2019:634):"介于大红和粉红之间的颜色。"《红楼梦大辞典》(2010:48/62)释义为"在粉红颜料里加银朱调成之颜色,此指大袄底色(银朱:HgS 硫化汞,鲜红色粉末)""介于大红和粉红之间的颜色"。

【银霜】 yínshuāng 名 像银霜那样的灰白色。|仅 1 例:～炭上等选用一千斤。(五十三/719)

《大词典》(11·1285)释义"银霜炭""即银骨炭",唯一例证来自《红楼梦》第五三回(见上文)。

《现汉典》未收录此词。

按:"银霜炭",《红楼梦大辞典》(2010:77)、《新编红楼梦辞典》(2019:635)分别释义为"一种表面灰白,如披上银霜的优质炭""一种表面灰白的优质无烟炭"。可见,本为名物的"银霜",在"银霜炭"中以物喻色,为颜色词,释义为"像银霜那样的灰白色"。

【油绿】 yóulù 形 指光润而浓绿的颜色。|仅 1 例:(宝玉)膝下露出～绸撒花裤子。(四十五/627)(四十一/556)比较 例中"油绿",列藏本、甲辰本、程甲本作"绿"(16·09558)。

《大词典》(5·1079)义项①:"指光润而浓绿的颜色。"首引《儿女英雄传》第二九回:"老张是足蹬缎靴,里面趁着鱼白标布,上身儿～绸绸,下身儿的两截夹袄。"次引叶紫《星》第五章:"四公公到底沉不住心中的悲哀了,他回头来望着那～的田园。"后《订补》(631);《型世言》第三回:"有的道:'早饭时候的是穿着～绸袄、月白裙出门的。'"

《现汉典》(1585):"形 状态词。有光泽的深绿色:雨后的麦苗～～。"

另:《天工开物》(2013:64)记载有"油绿色",崇祯《松江府志》(1991:186)记载有"油绿"。

【玉】 yù 形容洁白。|共 11 例,均在前八十回。诸如肉桂、附子、鳖甲、麦冬、～竹等药。(十二/165)～烛滴干风里泪,晶帘隔破月中痕。(三十七/499)天何如是之苍苍兮,乘～虬以游乎穹窿耶?(七十八/1112)

《大字典》(2・1177)义项⑦:"喻洁白晶莹。"首引《楚辞・离骚》:"驷～虬以乘鹥兮,溘埃风余上征。"次引宋陆游《冬暖》:"万骑吹笳行雪野,～花乱点黑貂裘。"最后引《红楼梦》第三七回(见上文)。

《大词典》(4・471)义项⑧:"形容洁白。参见'～羽①''～雪'。"无书证。

《现汉典》(1602)义项②:"用于比喻,形容洁白或美丽:～颜|亭亭～立。"

【玉色】 yùsè 名 淡蓝色。|共 4 例,均在前八十回。忽见前面一双～蝴蝶。(二十七/363)凤姐儿又命平儿把一个～绸里的哆罗呢的包袱拿出来。(五十一/692)当时芳官满口嚷热,只穿着一件～红青酡绒三色缎子斗的水田小夹袄。(六十三/867)

《大词典》(4・477)义项⑧:"莹白色。"首引宋梅尧臣《和永叔内翰思白兔答忆鹤杂言》:"待将枝条与人折,忆着家中～兔。"次引元叶颙《故圃梅花》诗:"身世水云乡,冰肌～裳。"

《现汉典》(1602):"yù・shai〈方〉名 淡青色。"

按:崇祯《松江府志》卷七(1991:186)将"玉色"与"天蓝""浅蓝"等同归为染色之"蓝"。王业宏(2011a:125)根据乾隆十九年(1754)至乾隆四十年间染作档案统计,并以染色配方中使用的主要染料类别为依据进行色系分类,其中"玉色"与"深蓝""宝蓝"等同属蓝色系。根据上述明清时期相关文献记载,释义《红楼梦》中的"玉色"为"淡蓝色"。另:《新编红楼梦辞典》(2019:651)释义:"(北京话说 yùshai)淡青如玉的颜色。"《红楼梦大辞典》(2010:56)释义:"淡青色。"

【元】 *yuán 黑色。|共 2 例:(宝玉)忽然听说贾母要来,便去换了一件

狐腋箭袖,罩一件～狐腿外褂,出来迎接贾母。(九十四/1302)～狐帽沿十副。(一〇五/1425)

《大字典》(1·289)义项⑫:"同'玄'。宋人因避始祖玄朗讳,遇玄字改作～。清代因避康熙玄烨讳,改'玄'作'～'。如:'玄色'改作'～色';'玄妙'改作'～妙'等。"无书证。《大词典》(2·207)义项㉑:"避讳用字"宋避始祖玄朗讳,改"玄"为"～"。引宋庆元刊本《本草衍义》"玄"字下注:"犯圣祖讳,今改为'～'。"清避康熙玄烨讳,亦改"玄"为"～"。如"郑玄"作"郑～"等是。

《现汉典》"元"无此义项。

按:"玄",《大字典》(1·309)义项①:"赤黑色。"首引《诗经·豳风·七月》:"载玄载黄,我朱孔阳。"毛传:"玄,黑而有赤也。"次引《周礼·考工记·钟氏》:"钟氏染羽……五入为緅,七入为缁。"汉郑玄注:"凡玄色者,在緅缁之间,其六入者与。"孙怡让正义:"玄与缁同色而深浅微别,其染法亦以朱为质。故毛、许、郑三君并以为赤而兼黑。"最后引鲁迅《呐喊·药》:"突然闯进了一个满脸横肉的人,批一件玄色布衫。""又泛指黑色。"首引《书·禹贡》:"(徐州)厥篚玄纤缟。"孔传:"玄,黑缯。"次引《史记·司马相如列传》:"瑊玏玄厉。"裴骃集解引《汉书音义》曰:"玄厉,黑石可用磨者。"再引晋崔豹《古今注·鸟兽》:"鹤千岁则变苍,又二千岁则变黑,所谓玄鹤也。"最后引宋苏轼《后赤壁赋》:"适有孤鹤横江东来,翅如车轮,玄裳缟衣,戛然长鸣。"《大词典》(2·302)义项②:"赤黑色。后多用以指黑色。"首引同《大字典》。次引《书·汤诰》:"敢用玄牡,敢昭告于上天神后,请罪有夏。"孔颖达疏:"夏家尚黑,于时未变夏礼,故不用白也。"再引晋卢谌《与司空刘琨书》:"盖本同末异,杨朱兴哀,始素终玄,墨翟垂涕。"最后引明高启《秋怀》诗之八:"世故逐人老,发鬓能久玄?"《现汉典》(1483)义项①:"黑色:玄狐。"

【月白】 yuèbái 名 带蓝色的白色。| 共6例,其中后四十回3例。这是昨日你要的青纱一匹,奶奶另外送你一个实地子～纱做里子。(四十二/561)明儿送殡去,跟他的小丫头子小吉祥儿没衣裳,要借我的～缎子袄儿。(五十七/778)宝玉听了,连忙把自己盖的一件～绫子绵袄儿揭起来递给五儿,叫他披上。(一〇九/1466)

《大词典》(6·1124)义项②:"带蓝色的白色。因近似月色,故称。"首引清李斗《扬州画舫录·草河录上》:"白有漂白、～;黄有嫩黄,如桑初生。"次引《儿女英雄传》第三九回："只见他光着个脑袋,靸拉着双山底儿青缎子山东皂鞋,穿一件旧～短夹袄儿。"最后引鲁迅《彷徨·祝福》:"她不是鲁镇人……头上扎着白头绳,乌裙,蓝夹袄,～背心,年纪大约二十六七。"《订补》(760):《型世言》第三回:"有的道:'早饭时候的是穿着油绿绸袄、～裙出门的。'"

《现汉典》(1617):"形淡蓝色:～小褂儿。"

按:与《红楼梦》同时代的《扬州画舫录》(2007:18)明确"白有漂白、月白"。据此,《红楼梦》"月白"释义参照《大词典》。另:《新编红楼梦辞典》(2019:657):"近乎白色的淡蓝色。"《红楼梦大辞典》(2010:57):"浅蓝。"

Z

【皂】　zào 黑色。|共 10 例,其中 9 例"皂白",另 1 例:一位捧着七星～旗。(一〇二/1396)

《大字典》(5·2830):"'～'同'皁'。""皁",义项②:"黑色。后作'皂'。如青红～白。"首引《汉书·贾谊传》:"且帝之身自衣皁绨,而富民墙屋被文绣。"次引《三国志·魏志·管宁传》:"宁常著皁帽、布襦袴、布裙。"最后引清孔尚任《桃花扇·骂筵》:"簇新新帽乌衬袍红,～皮靴绿缝。"

《大词典》(8·247):"亦作'皁'"。义项③:"黑色。"首引《史记·五宗世家》:"是以每相、两千石至,彭祖衣皁布衣,自行迎,除二千石舍。"次引《晋书·舆服志》:"衣皁上,绛下,前三幅,后四幅。"

《现汉典》(1635)义项①:"黑色:～鞋|～白。"

【朱】　zhū 大红色。|共 14 例,其中后四十回 2 例。粉面～唇。(七/110)帘卷～楼罢晚妆。(二十三/313)凤姐答应着接过来,便叫平儿配齐了真珠、冰片、～砂、快熬起来。(八十四/1189)比较例 2 中"朱",蒙府本、戚序本、戚宁本、列藏本、杨藏本作"珠"(8·04755)。

《大字典》(3·1236－1237)义项②:"大红色。古代称为正色。"首引《易·困》:"困于酒食,～绂方来。"次引唐杜甫《自京赴奉先县咏怀五百字》:"～门酒肉臭,路有冻死骨。"最后引《文明小史》第十三回:"这班小子后生,正是血气未定,近～者赤,近墨者黑。"

《大词典》(4·728)义项①:"大红色。比绛色(深红色)浅,比赤色深。古代视为五色中红的正色。"首引《国风·豳风·七月》:"我～孔阳,为公子裳。"次引《论语·阳货》:"子曰:'恶紫之夺～也。'"何晏集解引孔安国曰:"～,正色。紫,间色。"再引《礼记·月令》:"[孟夏之月]乘～路,驾赤骝,载赤旂,衣～衣。"孔颖达疏:"色浅曰赤,色深曰～。"唐韩愈《衢州徐偃王庙碑》:"得～弓赤矢之瑞。"最后引周立波《张润生夫妇》:"副队长的脸上飞～了。"

《现汉典》(1707)义项①:"朱红:～笔。"

【朱红】 zhūhóng 形 比较鲜艳的红色。|共3例:更有两面～销金大字牌对竖在门外。(十三/175)两边阶下一色～大高烛,点的两条金龙一般。(五十三/723)还有七根～绣花针。(八十一/1145)

《大词典》(4·733):"比较鲜艳的红色。"首引宋苏轼《与滕达道书》之八:"许为置～累子,不知曾令作否?"次引冰心《寄小读者》十八:"落日被白云上下遮住,竟是～的颜色。"

《现汉典》(1707):"形 比较鲜艳的红色。"无例证。

【缁】 zī 黑色。|共2例:勘破三春景不长,～衣顿改昔年妆。(五/77)(一一八/1563)

《大字典》(6·3649)义项②:"黑色。"首引《周礼·考工记·钟氏》:"三入为纁,五入为緅,七入为～。"汉郑玄注:"染纁者,三入而成,又再染以黑则为緅……又复再染以黑,乃成～矣。"再引《论衡·程材》:"白纱入～,不染自黑。"最后引宋陆游《自小云顶上云顶寺》:"素衣虽成～,不为京路尘。"

《大词典》(9·928)义项①:"黑色。"首引《论语·阳货》:"不曰白乎? 涅而不～。"次引同《大字典》首引。再引唐孟郊《劝友》诗:"至白涅不～,至交淡不疑。"最后引清方文《润州访王望如广文》:"昭质如冰雪,微官尘岂～。"

《现汉典》(1732):"〈书〉黑色:～衣。"

【紫】 zǐ① 形 蓝和红合成的颜色。|共32例,其中后四十回3例。昨怜破袄寒,今嫌～蟒长。(一/18)宝玉一时醒来,方知是袭人送扇子来,羞的满面～胀。(三十二/435)痰中一缕～血,簌簌乱跳。(八十二/1161) 比较 例2中"紫",舒序本作"红"(11·06744)。

《大字典》(6·3616)义项①:"红和蓝合成的颜色。"首引《论语·阳货》:

"子曰:'恶～之夺朱也,恶郑声之乱雅乐也。'"何晏注:"孔曰:朱,正色;紫,间色之好者。恶其邪好而夺正色。"次引唐杜甫《秋日夔州咏怀奉寄郑监》:"～收岷岭芋,白种陆池莲。"最后引金元好问《西楼曲》:"并刀不剪东流水,湘竹年年泪痕～。"

《大词典》(9·813—814)义项①:"蓝和红合成的颜色。"首引同《大字典》。次引明张凤翼《灌园记计投太史》:"落日山唧～,流水绕孤村,往事且休论。"最后引老舍《二马》第三段三:"亚历山大笑开了,笑得红脸蛋全变～了。"

《现汉典》(1735):"形红和蓝合成的颜色:～红|青～|玫瑰～。"

②动使……变紫。|共4例,其中后四十回3例。凤姐听说,又急又愧,登时～涨了面皮,便依炕沿双膝跪下。(七十四/1023)贾环便急得～涨了脸。(九十四/1304)

"三典"均未收录此义。

【紫绛】 zǐjiàng 形紫红色。|仅1例:面皮、嘴唇烧的～皲裂。(六十三/880)

《大词典》《现汉典》均未收录此词。

按:释义参照《新编红楼梦辞典》(2019:705)、《红楼梦语言词典》(1995:1171):"紫红色。"

【紫墨色】* zǐmòsè 名黑紫色。|仅1例:宝玉走到里间门口,看见新写的一付～泥金云龙笺的小对。(八十九/1245)

《大词典》《现汉典》均未收录此词。

按:参照《新编红楼梦辞典》(2019:706)释义:"黑紫色。"

主要参考文献

1.《红楼梦》文本

〔清〕曹雪芹.红楼梦：校注本.北京：北京师范大学出版社,1987.

〔清〕曹雪芹.甲辰本红楼梦.北京：书目文献出版社,1987.

〔清〕曹雪芹.程甲本红楼梦.北京：书目文献出版社,1992.

〔清〕曹雪芹.戚蓼生序本石头记.北京：人民文学出版社,1992.

〔清〕曹雪芹.蒙古王府石头记.北京：北京图书馆出版社,2007.

〔清〕曹雪芹.乾隆抄本百廿回本红楼梦稿：杨本.北京：人民文学出版社,2009.

〔清〕曹雪芹.脂砚斋重评石头记：庚辰本.北京：人民文学出版社,2010.

〔清〕曹雪芹.脂砚斋重评石头记：己卯本.北京：人民文学出版社,2010.

〔清〕曹雪芹.脂砚斋重评石头记：甲戌本.北京：人民文学出版社,2010.

〔清〕曹雪芹.蒙古王府石头记（影印本）.北京：人民文学出版社,2010.

〔清〕曹雪芹.戚蓼生序本石头记：南图本.北京：人民文学出版社,2010.

〔清〕曹雪芹.郑振铎藏本红楼梦.沈阳：沈阳出版社,2012.

〔清〕曹雪芹.俄罗斯圣彼得堡石头记.北京：人民文学出版社,2014.

〔清〕曹雪芹.舒元炜序本红楼梦.北京：人民文学出版社,2019.

〔清〕曹雪芹,高鹗著,中国艺术研究院红楼梦研究所校注.红楼梦.北京：人民
    文学出版社,1982.

〔清〕曹雪芹著,无名氏续,程伟元、高鹗整理.中国艺术研究院红楼梦研究所校
    注.红楼梦.北京：人民文学出版社,2008.

〔清〕曹雪芹著,俞平伯校订,王惜时参校.红楼梦：八十回校本.北京：人民文学

155

出版社,1958.

2. 工具书

刘洁修. 成语源流大词典. 南京:江苏教育出版社,2003.

《汉大成语大词典》编委会. 汉大成语大词典. 上海:汉语大词典出版社,2000.

罗竹风. 汉语大词典(12 卷本). 上海:上海辞书出版社,1986－1993.

汉语大词典编纂处. 汉语大词典订补. 上海:上海辞书出版社,2010.

李格非. 汉语大字典(简编本). 武汉:湖北辞书出版社,1996.

汉语大字典编辑委员会. 汉语大字典(9 卷本). 成都:四川辞书出版社,2010.

王艾录. 汉语理据词典. 成都:电子科技大学出版社,2014.

周汝昌. 红楼梦辞典. 广州:广东人民出版社,1987.

冯其庸,李希凡. 红楼梦大辞典(增订本). 北京:文化艺术出版社,2010.

桂廷芳.《红楼梦》汉英习语词典. 杭州:杭州出版社,2009.

王海棻. 古汉语时间范畴词典. 合肥:安徽教育出版社,2004.

周定一. 红楼梦语言词典. 北京:商务印书馆,1995.

章银泉. 色彩描写词语例释. 银川:宁夏人民出版社,1983.

许慎. 说文解字. 北京:中华书局,1990.

中国社会科学院语言研究所词典编辑室. 现代汉语词典(第 7 版). 北京:商务
    印书馆,2016.

李行健. 现代汉语异形词规范词典. 上海:上海辞书出版社,2002.

周汝昌,晁继周. 新编红楼梦辞典. 北京:商务印书馆,2019.

李经纬. 中医大辞典. 北京:人民卫生出版社,1995.

3. 论著

包铭新,蒋智威. 中国传统服饰色名的意象. 中国纺织大学学报,1992(6).

曹莉亚.《红楼梦》颜色词的界定. 名作欣赏,2012(11).

曹莉亚. 前后迥异的《红楼梦》色彩世界——基于前八十回与后四十回颜色词
    比较看全书作者不一致性. 明清小说研究,2014(1).

曹莉亚.《红楼梦》"猩猩"考辨. 曹雪芹研究,2017a(4).

曹莉亚.《红楼梦》"藕合""藕合色"考辨.汉字文化,2017b(4).

曹莉亚.《红楼梦》"酡"考辨.语文学刊,2018(1).

曹莉亚.《红楼梦》早期抄本颜色词异文研究.杭州电子科技大学学报(社会科
　　学版),2019(4).

曹莉亚.《红楼梦》抄本颜色词异文的版本研究价值.杭州电子科技大学学报
　　(社会科学版),2022(2).

曹清富.《红楼梦》后四十回决非曹雪芹所作——前八十回与后四十回虚词、词
　　组及回目之比较.红楼梦学刊,1985(1).

曹炜.现代汉语词义学(修订本).广州:暨南大学出版社,2009.

常雁来,陈向峰.色彩构成.重庆:重庆大学出版社,2015.

陈大康.从数理语言学看后四十回的作者——与陈炳藻先生商榷.红楼梦学
　　刊,1987(1).

陈维昭.《红楼梦》的作者到底是谁.长江学术,2020(1).

陈彦青.观念之色:中国传统色彩研究.北京:北京大学出版社,2015.

陈元靓.岁时广记.北京:中华书局,1985.

崔荣荣.《红楼梦》服饰色彩仿生的文化解读.装饰,2004(1).

戴庆厦,胡素华.彝语支语言颜色词试析.语言研究,1993(2).

范干良.曹雪芹笔下的颜色词//吴竞存.《红楼梦》的语言.北京:北京语言学院
　　出版社,1996.

冯其庸.脂砚斋重评石头记汇校汇评.北京:北京图书馆出版社,2008.

冯其庸.程甲本红楼梦序——论程甲本问世的历史意义//曹雪芹.程甲本红楼
　　梦.北京:书目文献出版社,1992.

冯其庸.论庚辰本(增补本).北京:商务印书馆,2014.

冯胜利.汉语书面用语初编.北京:北京语言大学出版社,2006.

高名凯,石安石.语言学概论.北京:中华书局,1987.

葛本仪,汉语词汇研究.济南:山东教育出版社,1985.

古文义,马宏武,冯迎福.御制五体清文鉴.西宁:青海民族出版社,1990.

管锡华.校勘学.合肥:安徽教育出版社,1998.

郭若愚.《红楼梦》与文物考古——什物工艺编//中国社会科学院文学研究所红
　　楼梦研究集刊编委会,红楼梦研究集刊.上海:上海古籍出版社,1980(2).

郭若愚.《红楼梦》人物的服饰研究//中国社会科学院文学研究所红楼梦研究
　　集刊编委会.红楼梦研究集刊.上海:上海古籍出版社,1983(2).

鸿洋.中国传统色彩图鉴.北京:东方出版社,2010.

侯立睿.古汉语黑系颜色词疏解.北京:中国社会科学出版社,2016.

胡适.红楼梦考证.北京:北京出版社,2016.

黄金贵.古汉语同义词辨释论.上海:上海古籍出版社,2002.

黄金贵.解物释名.上海:上海辞书出版社,2008.

黄仁达.中国颜色.北京:东方出版社,2013.

黄式三.论语后案.南京:凤凰出版社,2008.

黄晓惠.《红楼梦》中差比句式的运用——兼论前80回和后40回的差异.安徽
　　师大学报,1996(1).

季学源.红楼梦服饰鉴赏.杭州:浙江大学出版社,2012.

江蓝生.一次全面深入的修订——《汉语大词典》第二版第一册管窥.辞书研
　　究,2019(4).

焦俊梅,冯森,孙欣湘.红楼梦图谱.长沙:湖南美术出版社,2010.

阚洁,丁婷.《红楼梦》中表绿色调颜色词研究.伊犁师范学院学报,2009(2).

李斌.清抄本《布经》中的植物染料及其染色工艺.丝绸史研究,1991(1).

李辰冬.红楼梦研究.北京:中国三峡出版社,2010.

李广柏.皓首穷经终成钜帙精编细校嘉惠学林——《脂砚斋重评石头记汇校汇
　　评》读后感言.红楼梦学刊,2010(3).

李红印.现代汉语颜色词语义分析.北京:商务印书馆,2007.

李海霞.汉语动物命名考释.四川:巴蜀书社,2005.

李行健.词义的时代性同词书的编纂和古书的阅读.昆明师院学报,1984(2).

李阳春.《红楼梦》前八十回与后四十回语言差异十例.湖南师院学报,1981
　　(2).

李应强.红楼梦的色彩艺术(上/下)——曹雪芹的服装配色法.文艺复兴月刊,
　　1983(147/148).

李应强.中国服装色彩史论.台北:南天书局有限公司,1997.

林冠夫.红楼梦版本论.北京:文化艺术出版社,2006.

刘建章.中学语文颜色词教学研究.呼和浩特:内蒙古师范大学,2007.

刘钧杰.《红楼梦》前八十回与后四十回言语差异考察.语言研究,1986(1).

刘名扬.《红楼梦》藻饰性色彩词语的俄译处理.红楼梦学刊,2010(6).

刘世德.戚本:《红楼梦》脂本中的一种重要版本//曹雪芹.戚蓼生序本石头记.
　　北京:人民文学出版社,2006.

刘晏志.全唐诗中红色色彩字与词的表现研究.云林:云林科技大学,2004.

刘云泉.语言的色彩美.合肥:安徽教育出版社,1990.

刘泽权,苗海燕.基于语料库的《红楼梦》"尚红"语义分析.当代外语研究,2010
　　(1).

陆宗达,王宁.训诂与训诂学.山西:山西教育出版社,1994.

骆峰.汉语色彩词的文化审视.上海:上海辞书出版社,2003.

毛德彪,朱俊亭等.红楼梦注解.广西:广西人民出版社,1981.

潘富俊.红楼梦植物图鉴.上海:上海书店出版社,2005.

潘允中.汉语语法史概要.河南:中州书画社,1982.

沈从文.《红楼梦》衣物及当时种种//沈从文.沈从文全集.太原:北岳文艺出版
　　社,2009.

沈炜艳.红楼梦服饰文化翻译研究.上海:中西书局,2011.

沈小云.从古典小说中看色彩的时代性——以清代小说红楼梦为例.云林:云
　　林科技大学,1997.

孙常叙.汉语词汇(重排本).北京:商务印书馆,2006.

唐甜甜.金瓶梅词话颜色词计量研究.苏州:苏州大学,2014.

汪维辉.说"困(睏)".古汉语研究,2017(2).

汪维辉.东汉—隋常用词演变研究(修订本).北京:商务印书馆,2017.

汪维辉.齐民要术词汇语法研究(修订本).上海:上海教育出版社,2020.

王艾录.汉语理据词典.成都:电子科技大学出版社,2014.

王业宏,刘剑,童永纪.清代织染局染色方法及色彩.历史档案,2011a(2).

王业宏,刘剑,童永纪."清"出于蓝:清代满族服饰的蓝色情结及染蓝方法.清
　　史研究,2011b(4).

王锳.汉语大词典商补.合肥:黄山书社,2006.

王锳.《〈汉语大词典〉》续编.贵阳:贵州大学出版社,2016.

韦博成.中国传统服饰色名的意象.应用概率统计,2009(4).

伍铁平.论颜色词及其模糊性质.语言教学与研究,1986(2).

夏薇.上海图书馆藏红楼梦一百二十回抄本研究.红楼梦学刊,2009(6).

肖家燕.红楼梦概念隐喻的英译研究.北京:中国社会科学出版社,2009.

肖天久,刘颖.红楼梦词和N元文法分析.现代图书情报技术,2015(4).

徐朝华.析"青"作为颜色词的内涵及其演变.南开学报,1988(6).

许建中.地当盛世应增价天付奇才为写生——李斗《扬州画舫录》的内容特点和艺术特色.扬州大学学报,2013(2).

严安政.从"忙"和"连忙"看后四十回作者问题.红楼梦学刊,1991(2).

杨蕾.现代汉语颜色词之认知研究.扬州:扬州大学,2009.

杨柳川.满纸"红"言译如何:霍克思《红楼梦》"红"系颜色词的翻译策略.红楼梦学刊,2014(5).

杨粟森,彭旭,赵映诚.基于数理统计的《红楼梦》前80回与后40回相关性的多指标综合分析.电子世界,2017(2).

杨婷婷.也谈《红楼梦》前八十回与后四十回语言差异问题.中南林业科技大学学报,2011(1).

姚小平.基本颜色词理论述评——兼论汉语基本颜色词的演变史.外语教学与研究,1988(1).

叶军.现代汉语色彩词研究.呼和浩特:内蒙古人民出版社,2001.

叶雷.基于计量文体特征聚类的《红楼梦》作者分析.红楼梦学刊,2016(5).

尹泳龙.中国颜色名称.北京:地质出版社,1997.

于波.《红楼梦》中织物考辨.红楼梦学刊,2005(2).

于非闇.中国画颜色的研究(修订版).北京:北京联合出版公司,2013.

虞万里.《汉语大词典》编纂琐忆.辞书研究,2012(2).

曾启雄,曹志明.汉字色名构成组合之探讨.设计研究,2008(8).

张清常.汉语的颜色词(大纲).语言教学与研究,1991(3).

张书才.从清代典制看《红楼梦》的写作年代——以前八十回为中心.曹雪芹研究,2014(2).

张卫东,刘丽川.《红楼梦》前八十回与后四十回语言风格差异初探.深圳大学学报,1986(1).

张永言.论上古汉语的"五色之名"兼及汉语和台语的关系//语文学论集(增订

本).上海:复旦大学出版社,2015.

赵晓驰.上古—中古汉语颜色词研究.北京:中国社会科学出版社,2016.

赵晓驰.近代汉语颜色词研究.北京:中国社会科学出版社,2019.

赵志军,刘剑虹,徐菲,杨晓华.中国传统服饰染色技艺之褐色系复原研究.丝
    绸,2015(3).

中国科学院心理研究所等.中国传统色色名及色度特性.北京:中国标准出版
    社,2015.

周汝昌.寿芹心稿.北京:中国大百科全书出版社,2012.

4.其他文献

〔唐〕李匡乂.资暇集.北京:中华书局,1985.

〔唐〕苏敬等撰,尚志钧辑校.唐·新修本草(辑复本).合肥:安徽科学技术出版
    社,1981.

〔明〕方越贡修,陈继儒纂.(崇祯)松江府志.北京:书目文献出版社,1991.

〔明〕刘侗,于奕正著,栾保群著.帝京景物略.北京:紫禁城出版社,2013.

〔明〕宋应星.天工开物(精装插图本).北京:中国画报出版社,2013.

〔明〕文震亨,屠隆.长物志考槃余事.杭州:浙江人民美术出版社,2012.

〔清〕褚华.木棉谱.北京:中华书局,1985.

〔清〕稽璜.皇朝通典.杭州:浙江书局,光绪八年.

〔清〕纪昀.阅微草堂笔记.上海:上海古籍出版社,2010.

〔清〕纪昀著,东篱子解译.阅微草堂笔记全鉴.北京:中国纺织出版社,2016.

〔清〕李斗,周光培点校.扬州画舫录.扬州:江苏广陵古籍刻印社,1984.

〔清〕李斗,王军评注.扬州画舫录(插图本).北京:中华书局,2007.

〔清〕李斗著,陈文和点校.扬州画舫录.扬州:广陵书社,2010.

〔清〕沈寿口述,张謇整理,王逸君译注.雪宧绣谱图说.济南:山东画报出版
    社,2004.

〔清〕孙佩.苏州织造局志.南京:江苏人民出版社,1959.

〔清〕王士禛.居易录.杭州:浙江网络图书馆藏,2017.

徐珂.清稗类钞·第 13 册.北京:中华书局,1986.

许之衡著,杜斌编著.饮流斋说瓷.北京:中华书局,2012.

后 记

板凳须坐十年冷。掐指算算，从最初将《红楼梦》颜色词确定为博士学位论文选题，到最终出版这本书，时间居然已经快过去十五年了。

2008 年秋天，导师曹炜教授在全面考察我的既往研究兴趣之后，将近代汉语词汇研究确定为我博士论文选题方向，从此我与《红楼梦》颜色词研究结下了不解之缘。在导师的悉心指导下，我于 2012 年 5 月顺利完成了题为《〈红楼梦〉颜色词计量研究》的博士学位论文；同年，以博士论文同题申请到浙江省省级社会科学学术著作出版资金资助项目；2015 年，又以《〈红楼梦〉颜色词研究》为题，申请到教育部人文社会科学研究规划基金项目。

《〈红楼梦〉颜色词研究》一书，源起于我的博士学位论文。专著书名与博士论文题目，虽只有"计量"一词之差，但其内容却迥然不同。在确定出书计划之后，我在冷板凳上一坐就是十一年。我在博士学位论文的框架上，反复打磨，数易其稿，力图在下述三个问题上得到精进：一是进一步精准界定颜色词的内涵和外延。通过确定严格的标准与原则，对《红楼梦》颜色词进行准确可信的界定，剔除了不符合标准原则的颜色词 96 个，最终界定出的《红楼梦》颜色词由 228 个减至 132 个，删减率高达 42.1%。二是进一步展现《红楼梦》专书颜色词概貌。通过经典例句，具体描写 132 个颜色词在《红楼梦》中的形音义面貌，增加了《〈红楼梦〉颜色词词典》这部分内容。三是进一步探求专书词汇研究在汉语词汇史层面的意义。舍弃博士论文第二至十一章分颜色范畴的具体研究内容，重新修改相关统计数据，据此总结《红楼梦》颜色词的特点，发掘整理颜色新词和新义，管窥明清乃至近代汉语颜色词的面貌；以《红楼梦》颜色词为"抓手"，探源溯流，作纵向的历史比较和动态分析，把握汉语颜色词的发展演变进程,为汉语颜色词史的构建奠定基础。

"慨当以慷,忧思难忘。"聚焦十数载,念兹在兹,旷日持久,却始终深怀敬畏。今天,我终有勇气将《红楼梦》颜色词的研究成果,以专著形式呈现。在此我要特别感谢汪维辉教授。2014 年,在徐永明教授的热情引荐下,我有幸跟随汪教授访学一年。自此,在汪门学术沙龙上学习、分享、交流与钻研,学术功力渐见丰满。部分书稿初成后,汪教授更是细心批阅、指正与鼓励。作为才疏学浅的后学,我在此谨表最真挚的谢意!

书稿能成,还要感谢研学路上给予帮助支持的诸多专家学者:黄金贵教授、王继如教授、蔡镜浩教授、李葆嘉教授、钱宗武教授、吴礼权教授、齐沪扬教授、解海江教授、郭继东教授、韦琴红教授,以及博士学位论文、课题项目申报书盲审时提出许多中肯意见的专家学者。

书稿能成,还要感谢此书的责任编辑、浙江大学出版社葛娟女士。她不仅以足够的耐心等着我慢慢研磨书稿,更是在选题申报困难重重时,坚持力挺,想方设法,终致申报成功。

书稿能成,还要感谢一直以来关心我、爱我的家人们。

感谢《红楼梦》,让我慢慢遇见更好的自己,成为更好的自己。

曹莉亚

2023 年 2 月 28 日于杭州闲林叠翠苑